U0840719

坐拥书城意未足

季羡林 著

海峡出版发行集团 THE STRAITS PUBLISHING & DISTRIBUTING GROUP | 鹭江出版社 LUJIANG PUBLISHING HOUSE

2016年·厦门

精神的家園

季羡林

季羡林手迹

明月幾時有把酒問
青天不知天上宮闕
今夕是何年我欲乘
風歸去惟恐瓊樓玉
宇高處不勝寒起
舞弄清影何似在人間

季羡林手迹

中華民族故園落成紀念碑碑文

中華民族立國於東亞大地垂五千年文化昌明光華復旦對全人類文化至大 自秦皇統一直至中華人民共和國之建立兩千餘年間徵諸史實實合多而分少 近日香港已回歸祖國 澳門回歸亦指日可待 全國真正之統一可期可盼矣其故焉在 除國運昌隆外 不出兩端 一曰同胞愛國之心切 二曰凝聚之力強 前者實為後者之基礎而後者則為之表現 斯二者又均源於中華文化積澱之既厚且深 二者實一而二 二而一者也

季羨林

季羡林手迹

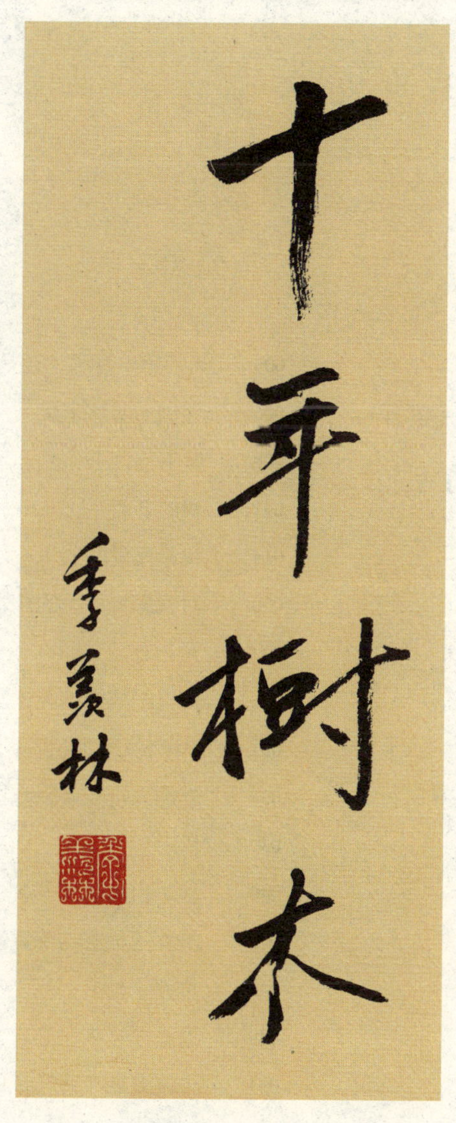

季羡林手迹

目 录

第一辑

半亩方塘一鉴开

天下第一好事，还是读书

古今中外赞美读书的名人和文章，多得不可胜数。张元济先生有一句简单朴素的话："天下第一好事，还是读书。""天下"而又"第一"，可见他对读书重要性的认识。

为什么读书是一件"好事"呢？

也许有人认为，这问题提得幼稚而又突兀。这就等于问"为什么人要吃饭"一样，因为没有人反对吃饭，也没有人说读书不是一件好事。

但是，我却认为，凡事都必须问一个"为什么"，事出都有因，不应当马马虎虎，等闲视之。现在就谈一谈我个人的认识，谈一谈读书为什么是一件好事。

凡是古老的事情，我们常常说"自从盘古开天地"。我现在还要从盘古开天地以前谈起，从人类脱离了兽界进入人界开始谈。人变成了人以后，就开始积累人的智慧，这种智慧如滚雪球，越滚越大，也就越积越多，而禽兽似乎没有这种本领。

一只蠢猪一万年以前是这样蠢，到了今天仍然是这样蠢，没有增加什么智慧。人则不然，不但能随时增加智慧，而且根据我的观察，增加的速度还越来越快，有如物体从高空下坠一般。到了今天，达到了知识爆炸的水平。最近一段时间以来，克隆使全世界的人都大吃一惊。有的人竟忧心忡忡，不知这种技术发展伊于胡底。信耶稣教的人担心将来一旦克隆人出来了，他们的上帝将向何处躲藏。

人类千百年以来保存智慧的手段不出两端：一是实物，比如长城等；二是书籍，以后者为主。在发明文字以前，保存智慧靠记忆；文字发明以后，则使用书籍。把脑海里记忆的东西搬出来，搬到纸上，就形成了书籍，书籍是贮存人类代代相传的智慧的宝库。人必须读书，才能继承和发扬前人的智慧。人类之所以能够进步，永远不停地向前迈进，靠的就是能读书又能写书的本领。我常常想，人类向前发展，有如接力赛跑，第一代人跑第一棒，第二代人接过棒来，跑第二棒，以至第三棒、第四棒，永远跑下去，永无穷尽，这样智慧的传承也永无穷尽。这样的传承靠的主要就是书，书是事关人类智慧传承的大事，这样一来，读书不是“天下第一好事”又是什么呢？

但是，话又说了回来，中国历代都有“读书无用论”的说法。读书的知识分子，古代通称之为“秀才”，常常成为被取笑的对象，比如说什么“秀才造反，三年不成”，是取笑秀才的无能。这话不无道理。在古代——请注意，我说的是“在古代”，今天已经完全不同了——造反而成功者几乎都是不识字的痞子、流氓，中国历史上的“马上皇帝”、开国“英主”——刘邦和朱元璋，都属此类。诗人只有慨叹“可惜刘项不读书”。“秀才”最多也只有成为这一批地痞流氓的“帮忙”或者“帮闲”，帮不上的就只好慨叹“儒冠多误身”了。

但是，话还要再说回来，中国悠久的优秀的传统文化的传承者，是这一批地痞流氓，还是“秀才”？答案皎如天日。这一批“读书无用论”的现身“说法”者的“高祖”“太祖”之类，除了镇压人民、剥削人民之外，只给后代留下了什么陵之类，供今天搞旅游的人赚钱而已。他们对我们国家竟无贡献可言。

总而言之，“天下第一好事，还是读书”。

1997 年 4 月 8 日

坐拥书城意未足

古今中外都有一些爱书如命的人。我愿意加入这一行列。

书能给人以知识，给人以智慧，给人以快乐，给人以希望。但也能给人带来麻烦，带来灾难。在“文革”时期，我就以收藏封资修、大洋古书籍的罪名挨过批斗。一九七六年唐山大地震的时候，也有人警告我，我坐拥书城，夜里万一有什么情况，书城将会封锁我的出路。

批斗对我已成过眼云烟，那种万一的情况也没有发生，我“死不改悔”，爱书如故，至今藏书已经发展到填满了几间房子。除自己购买的以外，别人赠送的书籍也越来越多。我究竟有多少书，自己也说不清楚，大概是相当多的。搞抗震加固的一位工人师傅就曾多次对我说，这样多的书，他过去没有见过。学校领导对我额外加以照顾，我如今已经有了几间真正的书斋，那种卧室、书斋、会客室三位一体的情况，那种“初极狭，才通人”的“桃花源”的情况，已经成为历史陈迹了。

有的年轻人看到我的书，瞪大了吃惊的眼睛问我："这些书你都看过吗？"我坦白承认，我只看过极少极少的一部分。"那么，你要这么多书干吗呢？"这确实是难以回答的问题。我没有研究过藏书心理学，三言两语我也说不清楚。我相信，古今中外爱书如命者也不一定都能说清楚。即使说出原因来，恐怕也是五花八门的吧。

真正进行科学研究，我自己的书是远远不够的。也许我搞的这一行有点怪。我还没有发现全国任何图书馆能满足，哪怕是最低限度地满足我的需要。有的题目有时候由于缺书，进行不下去，只好让它搁浅。我抽屉里面就积压着不少这样被搁浅的稿子。我有时候对朋友们开玩笑说："搞我们这一行，要想有一个满意的图书室简直比搞四化还要难。全国国民收入翻两番的时候，我们也未必真能翻身。"这绝非耸人听闻之谈，事实正是这样。同我搞的这一行有类似困难的，全国还有不少。这都怪我们过去底子太薄，新中国成立后虽然做了不少工作，但是一时积重难返。我现在只有寄希望于未来，发呼吁于同行。我们大家共同努力，日积月累，将来总有一天会彻底改变目前这种情况的。古人说："前人种树，后人乘凉。"让我们大家都来当种树人吧。

1985年7月8日晨

藏书与读书

有一个平凡的真理，直到耄耋之年，我才顿悟：中国是世界上最喜藏书和读书的国家。

什么叫书？我没有能力，也不愿意去下定义。我们姑且从孔老夫子谈起吧。他老人家读《易经》，至于韦编三绝，可见用力之勤。当时还没有纸，文章是用漆写在竹简上面的，竹简用皮条拴起来，就成了书，翻起来很不方便，读起来也有困难。我国古时有一句话，叫作“学富五车”，说一个人肚子里有五车书，可见学问之大。这指的是用纸做成的书，如果是竹简，则五车也装不了多少部书。

后来发明了纸。这样一来写书方便多了，但是还没有发明印刷术，藏书和读书都要用手抄，这当然也不容易。如果一个人抄的话，一辈子也抄不了多少书。可是这丝毫也阻挡不住藏书者和读书者的热情。古籍中不知有多少藏书和读书的故事，被传为佳话。浩如烟海的古籍，以及古籍中所寄托的文化之所以能够流传下来，历千年而不衰，我们不能不感谢这些爱藏书和读书的先民。

后来人们又发明了印刷术。有了纸，又能印刷，书籍流传方便多了。从这时起，古籍中关于藏书和读书的佳话，更多了起来。宋版、元版、明版的书籍被视为珍品。历代都有一些藏书家，什么绛云楼、天一阁、铁琴铜剑楼、海源阁，等等，说也说不完。有的已经消失，有的至今仍在，为我们新社会的建设服务。我们不能不感激这些藏书的祖先。

至于专门读书的人，历代记载更多。还有一些关于读书的佳话，什么囊萤映雪之类。有人做过试验，无论萤，还是雪都不能亮到让人能读书的程度，然而在这一则佳话中所蕴含的鼓励人们读书的热情则是大家都能感觉到的。还有一些鼓励人读书的话和描绘读书乐趣的诗句。“书中自有颜如玉”之类的话，是大家都熟悉的，说这种话的人的“活思想”是非常不高明的，不会得到大多数人的赞赏。至于“四时读书乐”一类的诗，也是大家所熟悉的。可惜我童而习之，至今老朽昏聩，只记住了一句“绿满窗前草不除”，这样的读书情趣也是颇令人向往的。此外如“红袖添香夜读书”之类的读书情趣，则代表另一种趣味。据鲁迅先生说，连大学问家刘半农也向往，可见确有动人之处了。“雪夜闭门读禁书”代表的情趣又不同，又是“雪夜”，又是“闭门”，又是“禁书”，不是也颇有人向往吗？

这样藏书和读书的风气，其他国家不能说一点没有，但是据浅见所及，实在是远远不能同我国相比。因此我才悟出了“中国是世界上最爱藏书和读书的国家”这一条简明而意义深远的真理。中国古代光辉灿烂的文化有极大一部分是通过书籍流传下来的。到了今天，我们全体炎黄子孙如何对待这个问题，实际上是每个人都回避不掉的。我们必须认真继承这个在世界上比较突出的优秀传统，要读书，读好书。只有这样，我们才能上无愧于先民，下造福于子孙万代。

1991 年 7 月 5 日

我的书斋

最近身体不太好。内外夹攻，头绪纷繁，我这已届耄耋之年的神经有点儿吃不消了。于是下定决心，暂且封笔。乔福山同志打来电话，约我写点儿什么，我遵照自己的决心，委婉地拒绝了。但一听说题目是《我的书斋》，于我心有戚戚焉，立即精神振奋，暂停决心，拿起笔来。

我确实有个书斋，我十分喜爱我的书斋。这个书斋是相当大的，大小房间，加上过厅、厨房，还有封了顶的阳台，大大小小，共有八个单元。藏书册数从来没有统计过，总有几万册吧。在北京大学的教授中，“藏书状元”我恐怕是当之无愧的。而且在梵文和西文书籍中，有一些堪称海内孤本。我从来不以藏书家自命，然而坐拥如此大的书城，心里能不沾沾自喜吗？

我的藏书都像是我的朋友，而且是密友。我虽然对它们并不是每一本都认识，它们中的每一本却都认识我。我一走进书斋，书籍们立即活跃起来，我仿佛能听到它们向我问好的声音，我仿佛能看到它们向我招手的情景。倘若有人问我，书籍的嘴在什么地方？而手又在什么地方呢？我只能说："你的根器太浅，努力修持吧。有朝一日，你会明白的。"

我兀坐在书城中，忘记了尘世的一切不愉快的事情，怡然自得。世界之广，宇宙之大，此时却仿佛只有我和我的书存在。窗外粼粼碧水，丝丝垂柳，阳光照在玉兰花的肥大的绿叶上，这都是我平常最喜爱的东西，现在也都视而不见了；连平常我喜欢听的鸟鸣声"光棍儿好过"，也充耳不闻了。

我的每一本书都蕴涵着无限的智慧。我只读过其中的一小部分，这智慧我是能深深体会到的。没有读过的那一些，好像也不甘落后，它们不知道施展了一种什么神秘的力量，把自己的智慧放了出来，像波浪似的向我涌来。可惜我还没有修炼到能有"天眼通"和"天耳通"的水平，我还无法接受这些智慧之流。如果能接受的话，我将成为世界上古往今来最聪明的人。我自己也去努力修持吧。

我的书有时候也让我窘态毕露。我并不是一个不爱清洁和秩序的人，但是，因为事情太多，脑袋里考虑的学术问题和写作问题也不少，而且每天都收到大量的书籍和报纸杂志以及信件，转瞬之间就摞成一摞。在这样的情况下，如果我需要一本书，往往是遍寻不得，"只在此屋中，书深不知处"，急得满头大汗，也是枉然。只好到图书馆去借。等我把文章写好，把书送还图书馆后，无意之间，在一摞书中，竟找到了我原来要找的书，“得来全不费工夫”。然而晚了，工夫早已费过了。我啼笑皆非，无可奈何，等到用另外一本书时，再重演一次这样的喜剧。我知道，我要寻找的书，看到我急得那般模样，会大声跟我打招呼的，但是喊破了嗓子，也无济于事，我还没有修持到能听懂书的语言的水平。我还要加倍努力去修持。我有信心，将来一定能获得真正的“天眼通”和“天耳通”。只要我想要哪一本书，那一本书就会自己报出所在之处，我一伸手，便可拿到，如探囊取物。这样一来，文思就会像泉水般喷涌，我的笔变成了生花妙笔，写出来的文章会成为天下之至文。到了那时，我的书斋里会充满了没有声音的声音，布满了没有形象的形象。我同我的书们能够自由地互通思想，交流感情。我的书斋会成为宇宙间第一神奇的书斋，岂不猗欤休哉！

我盼望有这样一个书斋。

1993年6月22日

我最喜爱的书

我在下面介绍的只限于中国文学作品。外国文学作品不在其中。我的专业书籍也不包括在里面，因为太冷僻。

一、司马迁的《史记》

《史记》这一部书，很多人都认为它既是一部伟大的史籍，又是一部伟大的文学作品。我个人同意这个看法。平常所称的“二十四史”中，尽管水平参差不齐，但是哪一部也不能望《史记》之项背。

《史记》之所以能达到这个水平，司马迁的天才当然是重要原因，但是他的遭遇起的作用似乎更大。他受了宫刑，以致郁闷激愤之情溢满胸中，发而为文，句句皆带悲愤。他在《报任少卿书》中已有充分的表露。

二、《世说新语》

这不是一部史书，也不是某一个文学家和诗人的作品集，而只是一部由许多颇短的小故事编纂而成的奇书。有些篇目只有短短几句话，连小故事也算不上。每一篇几乎都有几句或一句隽语，表面简单淳朴，内容却深奥异常，令人回味无穷。六朝和稍前的一个时期内，社会动乱，出了许多看来脾气相当古怪的人物，外似放诞，内实怀忧。他们的举动与常人不同。此书记录了他们的言行，短短几句话，却栩栩如生，令人难忘。

三、陶渊明的诗

有人称陶渊明为“田园诗人”。笼统言之，这个称号是恰当的。他的诗确实与田园有关。“采菊东篱下，悠然见南山”，这样的名句几乎是家喻户晓的。从思想内容上来看，陶渊明颇近道家，中心是纯任自然。从文体上来看，他的诗简易淳朴，毫无雕饰，与当时流行的镂金错彩的骈文，迥异其趣。因此，在当时以及以后的一段时间内，世人对他的诗的评价并不高，在《诗品》中，仅列为中品。但是，时间越久，评价越高，最终他成为中国伟大的诗人之一。

四、李白的诗

李白是中国文学史上最伟大的天才之一，这一点是谁都承认的。杜甫对他的诗给予了最高的评价："白也诗无敌，飘然思不群。清新庾开府，俊逸鲍参军。"李白的诗风飘逸豪放。根据我个人的感受，读他的诗，只要一开始，就很难停住，必须读下去。我认为原因是，李白的诗一气流转，这一股"气"不可抗御，让你非把诗读完不可。这在其他诗人的作品中，是很难遇到的现象。在唐代，以及以后的一千多年中，对李白的诗几乎只有赞誉，而无批评。

五、杜甫的诗

杜甫也是一个伟大的诗人，千余年来，李杜并称。但是二人的创作风格却迥乎不同：李白的风格是飘逸豪放，而杜甫的风格则是沉郁顿挫。从使用的格律上，也可以看出二人的不同。七律在李白作品集中比较少见，而在杜甫作品集中则颇多。摆脱七律的束缚，李白是自由地跳舞；杜甫善于使用七律，则是带着枷锁跳舞，二人的舞都跳到了极高的水平。在文学批评史上，杜甫颇受一些人的指摘，而李白则没有。

六、南唐后主李煜的词

南唐后主的词仅流传下来三十多首，可分为前后两期：前期他仍在江南当小皇帝，后期则已降宋。后期词不多，但是篇篇都是杰作，纯用白描，不作雕饰，一个典故也不用，几乎都是平常的白话，老妪能解，然而意境却哀婉凄凉，千百年来打动了千百万人的心。在词史上巍然成一大家，受到了文艺批评家的赞赏。但是，对王国维在《人间词话》中赞美后主有佛祖的胸怀，我却至今尚不能解。

七、苏轼的诗、文、词

中国古代赞誉文人有三绝之说。三绝者，诗、书、画三个方面皆能达到极高水平之谓也。苏轼至少可以说已达到了五绝：诗、书、画、文、词。因此，我们可以说，苏轼是中国文学史和艺术史上最全面的伟大天才。论诗，他为宋代一大家。论文，他是唐宋八大家之一，笔墨凝重，大气磅礴。论书，他是宋代苏、黄、宋、蔡四大家之首。论词，他摆脱了婉约派的传统，创豪放派，与辛弃疾并称“苏辛”。

八、纳兰性德的词

宋代以后，中国词的创作到了清代又掀起了一个新的高潮。名家辈出，风格不同，又能各极其妙，实属难能可贵。在这群灿若明星的作词家中，我独独喜爱纳兰性德。他是大学士明珠的儿子，生长于荣华富贵中，然而却胸怀愁思，流溢于楮墨之间。这一点我至今还难以得到满意的解释。从艺术性方面来看，他的词可以说已经达到了完美的境界。

九、吴敬梓的《儒林外史》

胡适之先生给予《儒林外史》极高的评价。诗人冯至也酷爱此书。我自己也是极为喜爱《儒林外史》的。

此书的思想内容是反科举制度，昭然可见，用不着细说。它的特点在艺术性上。吴敬梓惜墨如金，从不作冗长的描述。书中人物众多，各有特性，作者只讲一个小故事，或用短短几句话，活脱脱一个人就仿佛站在我们眼前，栩栩如生。这种特技极为罕见。

十、曹雪芹的《红楼梦》

在古今中外众多的长篇小说中，《红楼梦》是一颗璀璨的明珠，是状元。中国其他长篇小说都没能成为“学”，而“红学”则是显学。《红楼梦》描述的是一个大家族衰微的过程。本书特异之处也在它的艺术性上。书中人物众多，男女老幼、主子奴才、五行八作，应有尽有。作者有时只用寥寥数语就让人物活灵活现，让读者永远难忘。读这样一部书，主要是欣赏它高超的艺术手法。那些把它政治化的无稽之谈，都是不可取的。

2001 年 3 月 21 日

对我影响最大的几本书

我是一个最枯燥乏味的人，枯燥到什么嗜好都没有。我自比是一棵只有枝干并无绿叶更无花朵的树。

如果读书也能算一个嗜好的话，我的唯一嗜好就是读书。

我读的书可谓多而杂，经史子集都涉猎过一点，但极肤浅。小学、中学阶段，最爱读的是“闲书”（没有用的书），比如《彭公案》《施公案》《济公传》《三侠五义》《小五义》《东周列国志》《说岳全传》《说唐全传》等，读得如醉似痴。《红楼梦》等古典小说是后来才读的。读这样的书是好是坏呢？在我叔父看来，是坏。但是，我却认为是好，至少在写作方面对我是有帮助的。

至于哪几部书对我影响最大，几十年来我一贯认为是两位大师的著作：在德国是海因里希・吕德斯，我老师的老师；在中国是陈寅恪先生。两个人都是考据大师，方法缜密到神奇的程度。从中也可以看出我个人兴趣之所在。我禀性板滞，不喜欢玄之又玄的哲学。我喜欢摸得着看得见的东西，而考据正合吾意。

吕德斯是世界公认的梵学大师，研究范围颇广，对印度古代碑铭有独到深入的研究。印度每有新碑铭发现而又无法读通时，大家就说："到德国找吕德斯去！"由此可见，吕德斯权威之高。印度两大史诗之一的《摩诃婆罗多》从核心部分起，滚雪球似的一直滚到后来成型的大书，其间共经历了七八百年。谁都知道其中有不少层次，但没有 个人说得清楚。弄清层次问题的又是吕德斯。在佛教研究方面，他主张有一个"原始佛典"，是用古代半摩揭陀语写成的。我个人认为这是千真万确的事：欧美一些学者不同意，却又拿不出半点可信的证据。吕德斯著作极多，中短篇论文集为《古代印度语文论丛》一书。这是我一生受影响最大的著作之一。这本书对别人来说，可能是极为枯燥的，但是，对我来说却是一本极为有味、极有灵感的书，读之如饮醍醐。

在中国，影响我最大的书是陈寅恪先生的著作，特别是《寒柳堂集》《金明馆丛稿初编》。寅恪先生的考据方法同吕德斯先生基本上是一致的。不说空话，无证不信。两人有异曲同工之妙。我常想，寅恪先生从一个不大的切入口切入，如剥春笋，每剥一层，都是信而有征，让你非跟着他走不可，剥到最后，露出核心，也就是得到结论，让你恍然大悟：原来如此，你没有法子不信服。寅恪先生考证不避琐细，但绝不是为考证而考证，小中见大，其中往往含着极大的问题。比如，他考证杨玉环是否以处女入宫。这个问题确极猥琐，难登大雅之堂。无怪一个学者说：“这太 Trivial（微不足道）了。”焉知寅恪先生是想研究李唐皇族的家风。在这个问题上，汉族与少数民族的看法是不一样的。寅恪先生从看似细微的问题入手，探讨民族问题和文化问题，由小及大，使自己的立论坚实可靠。看来这位说那样话的学者是根本不懂历史的。

在一次闲谈时，寅恪先生问我：“《梁高僧传》卷九《佛图澄传》中载有铃铛的声音‘秀支替戾冈，仆谷劬秃当’是哪一种语言？原文说是羯语，不知何所指？”我到今天也回答不出来。由此可见，寅恪先生读书之细心，注意之广泛。他学风谨严，其著作处处可以给人以启发。读他的文章，简直是一种最高的享受。读到兴会淋漓时，真想浮一大白。

中德这两位大师有师徒关系，寅恪先生曾受学于吕德斯先生。这两位大师又同受战争之害。吕德斯生平致力于之研究，几十年来批注不断，二战时手稿被毁。寅恪师生平致力于读《世说新语》，几十年来眉注累累。日寇入侵，逃往云南，此书丢失于越南。假如这两部书能流传下来，对梵学、国学将是无比重要之贡献。然而先后毁失，为之奈何！

1999 年 7 月 30 日

开卷有益

这是一句老生常谈。如果要追溯起源的话，那就要追到一位皇帝身上。宋王辟之《渑水燕谈录》卷六：

（宋）太宗日阅《（太平）御览》三卷，因事有阙，暇日追补之。尝曰："开卷有益，朕不以为劳也。"

这一段话说不定也是"颂圣"之辞，不尽可信。然而，我宁愿信其有，因为它真说到了点子上。

鲁迅先生有时候说："随便翻翻。"我看意思也一样。他之所以能博闻强记，博古通今，与"随便翻翻"是有密切联系的。

"卷"指的是书，"随便翻翻"指的也是书。书为什么能有这样大的威力呢？自从人类创造了语言，发明了文字，抄成或印成了书，书就成了传承文化的重要载体。人类要生存下去，文化就必须传承下去，因而书也就必须读下去。特别是在当今信息爆炸的时代，我们必须及时得到信息。只有这样，人才能潇洒地生活下去，否则将适得其反。信息怎样得到呢？看能得到信息，听也能得到信息，而读书仍然是重要的信息源，所以非读书不可。

什么人需要读书呢？在将来人类共同进入大同之域时，人人都一定要而且肯读书的，以此为乐，而不以此为苦。在眼前，我们还做不到这一步。如今有个别的“大款”，也同刘邦和项羽一样，是不读书的。不读书照样能够发大财。然而，我认为，这只是暂时的现象，相信不久就会改变。传承文化不能寄希望于这些人身上，而只能寄托在已毕业或尚未毕业的大学生身上。他们是我们的希望，他们代表着我们的未来。大学生们肩上的担子重啊！他们任重而道远。为了人类的继续生存，为了前对得起祖先，后对得起子孙，大学生们（当然还有其他一些人）必须读书。这已是天经地义，无须争辩。

根据我同北京大学学生的接触和我对他们的观察，绝大多数学生还是肯读书的。他们有的说，自己感到迷惘，不知所从。他们成立了一些社团，共同探讨问题，研究人生，对人生的意义与价值感兴趣。他们甚至想探究宇宙的奥秘。他们是肯思索的一代人，是可以信赖的极为可爱的一代年轻人。同他们在一起，我这个望九之年的老人也仿佛返老还童，心里溢满了青春活力。说这些青年不肯读书，是不符合实际情况的。

读什么样的书呢？自己专业的书当然要读，这不在话下。自己专业以外的书也应该“随便翻翻”，知识面越广越好，得到的信息越多越好，否则很容易变成鼠目寸光的人。鼠目寸光不但不利于自己专业的探讨，也不利于生存竞争，不利于自己的发展，最终被大时代所抛弃。

因此，我奉献给今天的大学生们一句话：开卷有益。

1994年4月5日

跨世纪的中国人该读什么书

这确实是一道大题。大题可以小做，并不难。我只需随便想出几本书，根据编者的指示，“最好在每个书名下写三五句话”，几句话写完，便万事大吉，可以交卷了。

但是，如果想大做，便十分困难。中国有十二亿人口，文化和爱好各异。即使只计算有中等文化水平的读者，其数量也极为可观。俗话说“众口难调”，我哪里会有调众口的能力呢？

想来想去，眉头一皱，计上心头：还是写虚一点好。所以，我就先务一点虚，讲一讲该读的书的大致范围，顺便写上几本书的名字。

现在什么都讲“跨世纪”。我体会，其意无非是想告诉人们，再过五年，一个新世纪就来到眼前了。到了新世纪，人们都应该有“万象更新”的意识，有点新精神，有点新活力，干点新事情，搞点新创造，使自己和人们的耳目都为之一新，不管男女老幼，都努力成为一个新人。

我们现在谈该读的书，也应该着眼于此点，否则就毫无意义。既然讲新，就必须先知道旧，新旧是对比而形成的。同二十一世纪的新相比，过去和现在都属于旧。专就读书来讲，过去和现在是什么情况呢？整个社会的情况，我说不清。我只能说一说我比较了解的大学和科研机构的情况。我总的印象是：其量颇为可观的学者，知识面不够广，文理科分家的现象还比较严重，对当前世界思想界和科技界最新的发展不够关心，如此等等。特别是理工科的学者普遍轻视文科，这同当前的社会风气和某些人的倡导有关，这里用不着详谈。我只想指出一点：历史和现实情况都告诉我们，没有深厚的文化基础，科技的发展是有限度的。文理泾渭、楚河汉界的想法和做法已经陈旧了。现在国内外有识之士，已经逐渐感到这一点。世界学术发展的方向，即使还不能说是全方位的，但在某些方面，渐渐消泯文理的鸿沟，你中有我，我中有你。在这种认识的指导下，许多崭新的学科出现了，人们的眼界大大地开阔了，过去没有提过的问题，现在提出来了，过去没有使用过的方法，现在使用起来了。人们眼前豁然开朗。我们面对着真理又向前走近了一步。我在上面曾谈到努力成为一个新人的问题，这就是成为新人的最重要的条件。

环顾全球，西方有一些学者已经意识到这个问题。最近几十年来兴起了几门新学科。虽然多以自然科学为出发点，但一旦流布，文科的一些学科也都参加进来。我举两个最著名的例子：一个是模糊学，一个是混沌学。二者原来都属于自然科学，然而其影响所及，早已超出了自然科学的范围。现在以模糊数学为基础，或者说滥觞于模糊数学，接二连三地兴起了一批新的模糊学科，什么模糊逻辑，什么模糊心理，什么模糊语言，什么模糊美学，几乎什么学都模糊，模糊得一塌糊涂。然而，仔细品味起来，其中确有道理，绝不是信口雌黄、哗众取宠。混沌学也有类似的情况，这里不详细讨论了。

我认为，这就是世界学术发展的新动向、新潮流。现在我们考虑学术问题和与学术有关的诸多问题，都必须以此为大前提。如果同意这个观点，我们再谈读书问题，就算是有了共识，有了共同的基础。

以上属于务虚的范畴，现在我想谈一点比较实的东西。我认为，跨世纪的中国人，除了不能读书者或不愿读书者外，能读书的都应该成为一个通人，眼界开阔，心思敏锐，博古通今，知识面广。这里可能有不同的水平，不同的层次，但基本要求则是一致的。中外历史和文化，古今历史和文化都应该懂一点。关于中国史，郭沫若、范文澜、翦伯赞等诸老的著作都可以拿来一读。但是，不管这些巨著曾经多么辉煌，曾经有多么大的影响，到了今天，诸书的时代烙印太深刻了，难以适应当前的要求。中国通史实有重新编写的必要。对于中国文学史，我也有同样的想法。关于中国思想史，侯外庐、张岂之的著作，还是可以读的。外国的历史和文化，我还没有发现什么特别引人瞩目的著作，无法介绍。关于中国科技史，李约瑟的著作是必读之书。我在这里想着重推荐一本必读书：周一良主编、河南人民出版社出版的《中外文化交流史》。我在很多地方都讲过，文化交流是促进人类社会前进的动力之一。世界上的民族，不论大小，不论历史长短，大都对人类文化各自做出了不同程度的贡献。说文化是一个民族创造的是法西斯论调。可是，人们往往对文化交流注意不够。实际上，文化交流史是对人民进行爱国主义教育和国际主义教育最好的教材。这样的书应该广泛宣传、广泛阅读。有人认为它可有可无，这种看法是完全错误的。

至于我上面提到的模糊论和混沌论，西方出了不少的书，中国已有介绍。我热切希望读者们能自己选择几本，仔细读一读，必能开阔眼界、增强思路。所有跨世纪的中国有文化能读书的人们，绝不应掉以轻心。

最后，我还想说上几句似怪而实不怪的话。所谓“世纪”是人为地创造出来的。如果没有一个耶稣，也就不会有什么世纪。大自然并没有这样的划分。中国古代以干支纪年，在某一个朝代以皇帝的年号来纪年，我们照样能写出二十四史来。但是，现在既然全世界都接受了所谓“公历”，也自有它的方便之处。我们可千万不要忘记，这是人为制造出来的东西，不必赋予它什么神秘的意义。有些人一提到“世纪末”就战战兢兢，如临深渊，如履薄冰。这是大可不必的，而且似乎有点可笑。因为在文章的题目中有“跨世纪”这样的字样，所以对“世纪”说了这番话。

1995 年 5 月 7 日

《中外文学书目答问》序

列宁有句众所周知的名言:“只有用人类创造的全部知识财富来丰富自己的头脑，才能成为共产主义者。”（《共青团的任务》）什么叫“人类创造的全部知识财富”呢？顾名思义，内容一定是非常广泛的，生产斗争的知识、阶级斗争的知识等一定都包括在里面。但我想文学作品在其中应该占极其重要的地位。文学作品能增长人的知识，开阔人的眼界，给人以美的享受，能在潜移默化中陶冶人的性灵，提高人的文化修养和鉴赏水平，而没有这种修养是很难完成自己的工作的。

但是，古今中外，文学作品浩如烟海，一个人即使用上毕生的精力也绝不会都读完。因此就需要介绍。我们编的这套《中外文学书目答问》就是为了给爱好文学的青年提供一些常识性的介绍，并做些阅读辅导。俗话说:“师父引进门，修行在个人。”青年们一定能够根据这些简单的介绍选出自己所喜爱的文学作品，再进一步阅读全书。如果只停留在阅读这些简单的介绍上，那不是我们的想法，也不是我们的希望。

阅读文学作品是不是只限于文学青年呢？不，不是这样。我在这里不谈理论，只举两个现实的例子，因为现实的例证最有说服力。一个例证是北京一所搞工业的学院。院领导给学生开了一门有关唐诗宋词的课。原意只不过想让他们学习点中国文学的常识，结果却收到了完全始料不及的效果：青年学生学了这些诗词大为激动，大为兴奋，他们原来不知道我们伟大祖国竟有这样一些伟大的作家和作品。现在他们觉得祖国更加可爱了，这门课无形中却成了一门最好的爱国主义教育课程。此外，在陶冶性灵方面也起到了积极的作用。我们相信，这对他们以后搞纯技术的工作也会有很大的帮助。

另一个例证是一个钢琴家。他旅居国外，名震遐迩。外国的音乐批评家都说他的弹奏中有一种说不出的优美深刻、从容大度，是欧美钢琴家所没有的，使听者耳目一新。这种风格是从哪里来的呢？这位钢琴家自己说，这得力于他的父亲。他年幼时，父亲每天让他背一首唐诗宋词之类的旧诗词。积之既久，心中烂熟的那几百首旧诗词对他心灵的陶冶，不觉形之于钢琴弹奏中，从而产生让人赞叹的效果。

这两个例子生动地说明，阅读文学作品不应只限于文学青年，其他各科的青年，不管学的是工程、技术，还是自然科学、房屋建筑，无一不需要读点文学作品。一般人认为学习理工科的青年可以不必分心去读文学作品，这种看法是完全错误的。我们常常有这样的经验，走进一个家庭，走进一家旅馆，只要看一看他们房中的陈设，就可以知道，这家的主人和旅馆的主持人或建筑师有没有文化修养，文化修养是高还是低。至于园林的布置，建筑物的设计，更与这种修养有密不可分的联系，这是大家都承认的，用不着多说。有没有文化修养，文化修养之高与低，不但表现在上面说的这种情况上，也表现在一个人的言谈举止、应对进退上，有与没有，是高是低，给人的印象迥乎不同。

总而言之，我的用意只是想说，青年是我们未来希望的寄托，他们的任务一是要不断提高自己的思想觉悟，由爱国主义、国际主义，进而走向共产主义；另一方面还要努力学习业务。除了自己专门的业务之外，一定要读一点中外文学作品，这同他们的终生事业有关，绝不可以等闲视之。成为一个共产主义者是今天我们广大青年的抱负，但是想达到这个目的，光靠政治觉悟还是不够的，必须掌握“人类创造的全部知识财富”。

1983年4月14日晨

就像人每天必须吃饭一样

我们念书人都一样，嗜书如命。我小学的时候，当时学校还没有图书馆。自从念中学开始，一直到出国深造，我几乎一天也没离开过图书馆。如离开图书馆，将一事无成，这不是我一个人的观点，大凡搞学问的都有这种体会。

我大学是在清华大学念的。清华大学图书馆，大家都知道，是相当不错的，我与它打了四年交道。后来，我到德国哥廷根大学留学，在欧洲待了十年多。哥廷根虽然是个小城，但图书馆的藏书却极其丰富。我研究的是古代印度语言，应该说这是一门偏僻的学问。在那十年中，我写了不少文章，需要用大量资料，可哥廷根大学图书馆几乎都能满足我，借不到书的时候非常少。若借不到，他们会到别的地方帮我借。

一九四六年，在落叶铺满长安街的深秋季节，我回到北京，到北京大学工作。北京大学图书馆藏书量在全国的大学中首屈一指。当时图书馆领导对我格外开恩，在图书馆里给了我一间研究室，并允许我从书库中提一部分必要的书，拿回我的研究室，供我随时查用和研读。我一有空闲，便潜入我的研究室，“躲进小楼成一统”，潜心默读，坐拥书城。在那个动荡的岁月，能觅到一处可以安身立命的清静世界且有书读，简直是太令人兴奋了。

我与北京图书馆有很深的历史渊源。我回国时，当时的北京图书馆馆长是袁同礼。那时，我受袁同礼的聘请，任务是把北京图书馆有关梵文的藏书检查一下，看看全不全，这个工作我做了。

新中国成立后，王重民先生代北京图书馆馆长。郑振铎是文化部文物局局长。郑先生是我的老师，在清华大学我曾听过他的课。郑先生很有魄力，我当时曾向他建议，若要在中国建立东方学，仅靠当时图书馆的一点点藏书是远远不够的，解决的办法是“腰缠千万贯，骑鹤下欧洲”。据说，日本明治维新后，很重视文化事业，特意派人到欧洲、美国等地，专找旧书店，不管什么书，也不管当时有没有用，文理法工等什么都买，就这样，日本搜罗了大量的典籍。单就东方学来讲，日本图书馆的藏书比我们强多了。郑先生虽有雄才大略，但囿于当时的客观条件，最终也没干成。当然，现在北京图书馆的藏书，有些方面还是相当不错的，像善本就堪称世界第一。但专从东方学而言，北京图书馆的藏书还不如我多。

图书馆是人类知识的宝库，是普及科学文化知识、传播信息的重要基地。不仅搞科研的人离不开它，一般的老百姓也离不开它。随着社会的发展，人们对图书馆的需求会越来越大。我一生直到今天，可以说是极少离开过图书馆，就如人每天必须吃饭一样。第六十二届国际图联大会能够在中国开是件好事，我们应抓住这一契机，大力发展图书馆事业。北京图书馆的藏书量是世界第五、亚洲第一，若以我国的国际地位及北京图书馆的地位而论，国际图联大会早就该在中国开了。

近两年，受商潮的冲击，不少人忽视了自己形而上的精神世界的滋养与丰富，而一味地钻进了孔方兄的网络里难以抽身。这种现象在学术界也有。如果说我国学术界后继乏人，那是太绝对了，但确实走了好多人，北京大学也有。不过，仍有一部分人，不为外面的高工资所动，孜孜以求，皓首穷经，进出于图书馆，他们才是我国未来的希望与脊梁。只是，这类人并不多，这是颇令人担忧的。

1996 年

丢书

我教了一辈子书，从中学教到大学，从中国教到外国，以书为命，嗜书成癖，积七八十年之积累，到现在已积书数万册，在燕园中成为藏书状元。

想当年十六七岁时，在济南北园白鹤庄读高中，家里穷，我更穷，但仍然省吃俭用，节约出将近一个月的伙食费，写信到日本丸善书店，用“代金引换”的方式，订购了一本英国作家吉卜林的短篇小说集，跋涉三十余里，到商埠邮局去取书，书到手中，如获至宝，当时的欢悦至今仿佛仍蕴涵于胸中。

后来到了清华大学，我的经济情况略有改进，因为爬格子爬出了点名堂，可以拿到稿费了。但是，总体来看，我仍然是十分拮据的。可我积习难除，仍然节约出一个月的饭费，到东交民巷一个德国书店订购了一部德国诗人薛德林的全集，这是我手边最宝贵的东西，爱之如心头肉。

到了德国以后，经济每况愈下。格子无从爬起，津贴数目奇低。每月除了房租饮食之外，所余无几。但在极端困难的十年中，我仍然省吃俭用，积聚了数百册西文专业书。回国以后，托德国友人，历尽艰辛，从哥廷根运回北京，我当然珍如拱璧了。

在新中国成立之前的三年，我在北京琉璃厂和东安市场结识了不少书肆主人。同隆福寺修绠堂经理孙助廉更是往来甚密，成为好友。我的旧书多半是从他那里得到的。“文革”以后，天日重明，但古籍已经被破坏、焚烧殆尽，旧日搜书之乐，已不可再得，只能在新书上打主意。

年来因种种原因，我自己买书不多，而受赠之书，则源源不绝。数年之间，已塞满了七间房子。以我这样一个书呆子，坐拥书城，焉得不乐！虽南面王不易矣。

然而，天底下闪光的东西，不都是金子。万万没有想到，我这一座看起来固若金汤的书城竟也有了塌陷之处。我过于相信别人，引狼入室，最近搬移书籍，才发现丢书惨重。一般的单本书，丢了还容易补上。然而，《王力全集》丢了四本，《朱光潜全集》丢了三本，《宗白华全集》丢了两本，叫我到哪里去配！这当头一棒使我如梦初醒，然而已经晚了。当今世风不良，人心叵测，斯文人竟会有这种行为。我已望九之年，竟还要对世道纷纭从幼儿园学起，不亦大可哀哉！孔乙已先生说：“偷书不算是偷。”对此我不敢苟同，我要同他“商榷”的。

我之所以写这篇短文，是因为我想到，“夜光杯”的读者中嗜书者必不在少数。如果还没有我这种经历，请赶快以我为鉴。在你的书房门口高悬一块木牌，上书四个大字——闲人免进。

1999 年 1 月 9 日

读朱自清《背影》

这几乎是一篇家喻户晓的名篇，自来论之者众矣。但是，我总觉得，还有许多话要说，所以写了这篇短文。

从艺术性来看，这篇文章朴素无华，语言淳朴自然，毫无矫揉造作之处。这是朱自清先生一贯的文风，实际上用不着再多费笔墨，众多的评论家，在这一点上，意见几乎是完全一致的。

至于思想性，则可说的话就非常非常多了。我个人认为，有一些十分重要的话，过去并没有人说过，不能不影响对这一名篇的欣赏。

要想真正理解这篇文章的含义，不能不从中华民族的文化、中华民族的历史谈起。什么是中华文化的精义呢？几乎言人人殊，论点多如牛毛。但我认为，都没有说到点子上。先师陈寅恪先生在《王观堂先生挽词》的《序》中说："吾中国文化之定义，见于《白虎通》三纲六纪之说，其意义为抽象理想最高之境，犹希腊柏拉图所谓Idea者。”《白虎通》的“三纲”，指的是君臣、父子、夫妇。“六纪”指的是诸父、兄弟、族人、诸舅、师长、朋友。这些话今天看来未免有点迂腐，也不能说其中没有糟粕，比如“夫为妇纲”之类。至于君臣，今天根本没有了，但是国家与人民却差堪比拟。总之，我们应取其精髓，不能拘泥于字面。

无独有偶，我偶然读到香港著名学者饶宗颐先生的一篇访问记。饶先生说：“中国文化所以能延绵数千年，仍有如此凝聚的力量，实乃受两个因素所驱使，一是文字，二是纲纪，即礼也。依我多年所悟，中华文化的特点，是在儒家思想中的‘礼’，是处理人际关系的学问，这个关系就建立在道德的基础上，要明是非，方能取得‘和’，所以《论语》说：‘礼之用，和为贵。’”

饶先生的意见同陈先生几乎是完全一致的。这两位哲人实在可以说是“英雄所见略同”。今天，人们在国内讲“安定团结”，在国际上我们主张和平，讲“和为贵”。人际关系和国际关系，都需要一定道德伦理的制约，纲纪就是制约的手段。没有这个手段，则国将大乱，国际上也不会安宁。打一个简单明了的比方，纲纪犹如大街上的红绿灯。试思：如果大街上没有了红绿灯，情况将会何等混乱，不是一想就明白吗？

我仿佛听到有人抗议了：“你扯这么远，讲这样一堆大道理，究竟想干什么呢？”

我并没有走题，而且是紧紧地扣住了题，《背影》表现的正是三纲之一的父子这一纲的真精神。中国一向主张父慈子孝。在社会上，孝是一种美德。在历史上，不知道有多少皇帝标榜“以孝治天下”。然而，在西方呢？拿英语来说，根本就没有一个与“孝”字相当的单词，要想翻译中国的“孝”字，必须绕一个弯子，译作 Filial rpety，直译就是“子女的虔诚”。你看啰唆不啰唆！

这一字之差，有人或许说这是一件小事。然而，据我看，这却是一件大事，明确地说明了东西方社会伦理道德之不同。我只说我们的好，不说别人的坏。西方当然也有制约社会活动求得安定的办法，否则社会将不成社会了。我们中国的办法就是利用几千年传下来的文化，特别是其中的精义纲纪的学说来调整人际关系，人际关系得到调整，则社会安定也就有了保障。再济之以法，那么天下就可以太平了。

我觉得，读朱自清先生的《背影》，就应该把眼光放远，远到齐家、治国、平天下。然后才能真正体会到这篇名文所蕴含的真精神。若只拘泥于欣赏真挚感人的父子之情，则眼光就未免太短浅了。

1995 年 2 月 21 日

推荐《吴宓与陈寅恪》

陈寅恪是中国近代最著名的国学大师之一，他集义理、辞章、考据于一身，著作影响广被。最难能可贵的是，他一家三代（祖父陈宝箴，父亲陈三立）都以热爱祖国著称，在素有爱国主义传统的中国知识分子中成为爱国楷模。

吴宓也是著名的学者、诗人、诗歌理论家、东西比较文学的倡导者。他与陈寅恪在美国哈佛大学相识，当时与汤用彤共称“哈佛三杰”。其后陈吴二位宗师都曾在清华大学国学研究院工作。

吴宓的女儿吴学昭根据吴宓的日记，撰成此书，将陈吴二位长达半个世纪的忠诚不渝的友谊加以翔实的记录，成为研究二位学者的最可靠的资料，为其他任何资料所不能代替。

此书出版前曾有人估计，此种“冷僻”之书不会有很多人垂青，二位宗师的名字绝大多数的中国青年也不熟悉，因而只印了两千册。两千册在今天中国出版界也不能算是很低的数目。但是，此书一出却大爆冷门。两千册转瞬售罄，求此书者仍络绎不绝。由此可见，中国真正的读书人还是有的，真正的“识货人”也还是有的。此书之价值也由此可见。

从学术意义来看，此书抄录了不少陈寅恪的诗，为他处所不见者，又记录了一些陈寅恪对世事、对人生、对文化的看法，在他的著作中是难以找到的，这对于研究陈寅恪的著作和思想，很有裨益。吴宓的学术观点，以及他对于世事、人生、文化、爱情的观点，当然也保存了不少。对研究吴宓的著作和思想，也有不可估量的意义。这些资料对将来撰写《中国近现代学术史》都有很大用处，这样一部书迟早要写的。

1993 年 4 月

推荐十种书

一、《红楼梦》

《红楼梦》是古今中外最优秀、最杰出的长篇小说。我不谈思想性，因为公说公有理，婆说婆有理，谁也说不清楚，谁也说服不了谁。我只谈艺术性。本书刻画人物达到了出神入化的境界。人物一开口，虽不见其人，但立刻就能知道是谁。在中外文学作品中，实无其匹。

二、《世说新语》

这也是一本奇书。当时清谈之风盛行，但并不是今天的“侃大山”，而要出言必隽永有韵致，言简而意深，如食橄榄，回味无穷。有的话不能说明白，但一经说出，则听者会心，宛如当年灵山会上，世尊拈花，迦叶微笑。

三、《儒林外史》

本书是中国小说中的精品，结构奇特，好像是由一些短篇缀合而成。作者惜墨如金，描绘风光，刻画人物，三言两语，而自然景色和人物性格便跃然纸上，尤以讽刺见长。作者威仪俨然，不露笑容，讽刺的话则入木三分，令人忍俊不禁。

四、李义山的诗

在中国诗中，我同曹雪芹正相反，最喜欢李义山的诗。每个人欣赏的标准和对象，不能强求一律。义山的诗辞藻华丽，声韵铿锵，有时候不知所言何意，但读来仍觉韵味飘逸，意象生动，有似西洋的 pure poetry（纯诗）。诗不一定都要求所有人都读得懂。诗的辞藻美和韵律美直接诉诸人的灵魂。汉诗还有一个字形美。

五、李后主的词

他不用一个典故，但感情真挚，动人心魄。王国维说："后主则俨有释迦基督担荷人类罪恶之意。”言似夸大，我们不能这样要求后主，他也根本不是这样的人。中国历史上多一个励精图治的皇帝，没有多大分量。但是，如果缺一个后主，则中国文学史将成什么样子？

六、《史记》

《史记》是中国第一部通史。但此书的真正意义不在史而在文。司马迁说：“诟莫大于宫刑。”他满腔孤愤，发而为文，遂成《史记》。时至今日，不可一世的汉武帝，只留得“西风残照汉家陵阙”，而《史记》则“光芒万丈长”。

七、陈寅恪《寒柳堂集》

八、陈寅恪《金明馆丛稿》

陈寅恪先生学贯中西，熔铸今古。他一方面继承和发展了中国乾嘉朴学大师的考据之学，另一方面又继承和发扬了西方近代考据之学，实又超出二者之上。他从不用僻书，而是在人人能读人人似能解的平常的典籍中，发现别人视而不见的问题，即他常说的“发古人之覆”。他这种本领达到了极高明的地步，如燃犀烛照，洞察幽微，为学者所折服。陈先生不仅是考据家，而且是思想家，他对中国文化的理解，实超过许多哲学家。

九、德国吕德斯的《印度语文学》

在古今中外的学人中，我最服膺，影响我最深的，在中国是陈寅恪，在德国是吕德斯。后者也是考据圣手。什么问题一到他手中，便能鞭辟入里，如剥芭蕉，层层剥来，终至核心，所得结论，令人信服。我读他那些枯燥至极的考据文章，如读小说，成了最高的享受。

十、德国西克、西克灵和舒尔茨的《吐火罗文语法》

吐火罗语是一种前所未知的新疆古代民族语言。考古学家发掘出来了一些残卷，字母基本上是能认识的，但是语言结构，则毫无所知。三位德国学者通力协作，经过了二三十年的日日夜夜，终于读通，而且用德国学者有名的“彻底性”写出了一部长达五百一十八页的皇皇巨著，成了世界学坛奇迹。

1993年5月29日

推荐《学人》杂志

尽管现在人们大声疾呼“出书难，卖书难，买书难”，但是好书和好杂志都还有一些的。专就杂志而论，高品位的专门谈文史的杂志，北京和上海都有几种。这几种杂志真像是八仙过海，各自有独有的神通，受到了广大学者们的欢迎。

我现在要推荐的《学人》也是一种品位高、内容丰富的学术刊物，是我非常喜爱的。但是，我觉得，它同其他几种又有些不同。据我个人的浅见，《学人》学风谨严，不说空话，讲古代学术，却又有新风；讲考据，却又贯之以义理，新旧结合，事理相济，读其中的一些文章，简直就是一种享受。

原因何在呢？我认为，原因就在于编者和作者中青年学者居多，他们学有根底，新旧兼通，东西融会，不矜不躁。现在文坛上和学坛上，都有一些中青年的“作家”和“学者”，学殖瘠薄，竞奇斗新，夷考其实，多类羊头。要期望这批人接老人的班，使中华文化不致中绝，那就等于南辕而北辙，绝不会成功的。

一个国家的文化传承，是这个国家或民族能够存在下去的根本依据。世界上没有哪一个有出息的国家不重视自己的文化传统。在这里，文化当然应当包括人文科学和社会科学。离开了自己的独特文化的那一点点科技，就等于水上的浮萍，是没有根的。

一个国家的文化，是全国人民，在不知道多少代的漫长的时间内创造出来的。每一代人，特别是学者们，对于民族文化，一要继承，二要发展。代代相传，以至永恒。就中国文化来说，老一代的文化托命之人必然要相继退出传承活动，把接力棒交到年轻人手里。据我个人看，主编《学人》的三位学者以及为这个刊物写文章的中青年学者们，从他们的文章来看，是有资格接过这个接力棒，成为继承中国文化传统而又能发展中国文化传统的令老人放心的好接班人的。青出于蓝，而胜于蓝，是完全可以肯定的。因敢郑重推荐这一个刊物。

1993 年 9 月 17 日

一九九四年我常读的一本书

——《陈寅恪诗集》

陈先生的诗艺术性极高，但不易懂。我特别喜欢他说的：中国文化之定义，具于《白虎通》三纲六纪之说。这里讲的实际上是处理九个方面的关系：国家与人民、父子、夫妇、父亲的兄弟、自己的兄弟、族人、母亲的兄弟、师长和朋友。这些关系处理好，国家自然会安定团结。这正是我们目前所最需要的。

1994年12月29日

我和东坡词

几年前的一段亲身经历，至今回忆起来，历历如在目前；然而其中的一点隐秘，我却始终无法解释。

我患了老年性白内障，要动手术。要说怕得不得了，还不至于，要说心里一点波动都没有，也不是事实。坐车到医院的路上，同行的人高谈阔论，我心里有点忐忑不安，一点也不想参加，我静默不语，在半梦幻状态中，忽然在心中背诵起了苏东坡的词：

明月几时有？把酒问青天。不知天上宫阙，今夕是何年。我欲乘风归去，又恐琼楼玉宇，高处不胜寒。起舞弄清影，何似在人间！转朱阁，低绮户，照无眠。不应有恨，何事长向别时圆？人有悲欢离合，月有阴晴圆缺，此事古难全。但愿人长久，千里共婵娟。

默诵完了一遍，再从头开始默诵，最终自己也不知道，究竟默诵了多少遍之后，汽车才到了医院。

在这样的时候，在这样的地方，我为什么单单默诵东坡这一首词，我至今不解。难道它与我当时的处境有什么神秘的联系吗？在医院里住了几天，医生对我进行了细致的体检，然后把我送进了手术室。主刀人是施玉英大夫，号称“北京第一刀”，技术精湛，万无一失，因此我一点顾虑都没有。但因我患有心脏病，为了保险起见，医院特请来一位心脏科专家，并运来极大的一台测量心脏的仪器，摆在手术台旁，以便随时监测我心跳的频率。于是我就有了两位大夫。我舒舒服服地躺上了手术台。动手术的右眼虽然进行了麻醉，但我的脑筋是十分清楚的，耳朵也不含糊。手术开始后，我听到两位大夫慢声细语地交换着意见，间或还听到了仪器碰撞的声音。一切我都觉得很美妙。我在半梦幻的状态中，心里忽然又默诵起宋词来，仍然是苏东坡的，不是上面那一首，而是：

缥缈红妆照浅溪，薄云疏雨不成泥。送君何处古台西。
废沼夜来秋水满，茂林深处晚莺啼。行人肠断草凄迷。

我仍然是循环往复地默诵，一遍又一遍，一直到走下手术台。

在这样的时候，在这样的地方，我为什么偏偏又默诵起宋词来，而且又是东坡的。其原因我至今不解。难道这又与我当时的处境有什么神秘的联系吗？

这样的问题，我无法解释。

但是，我觉得，如果真要想求得一个答复，也是有可能找得到的。

我不是诗词专家，只是爱好诗词，不懂评论。可是读得多了，管窥蠡测，似乎也能有点个人的看法。现在不妨写出来，供大家品评。

中国词家一向把词分为婉约派与豪放派两派。每一派中的诸作者也都各有特点，不完全是一个模样。在婉约派中，我最喜欢的是李后主、李易安和纳兰性德。在豪放派中，我最欣赏的是苏东坡。

原因何在呢？

我想提出一个真正的专家、学者从来没有提过的，肯定是野狐谈禅的说法。为了把问题说明白，我想先拉一位诗人来作陪，他就是李太白。我个人认为，太白和东坡是中国几千年的文学史上两位最有天赋的最伟大的作家。他们俩共同的特点是：为文如万斛泉涌，不择地而出，文不加点，倚马可待。每一首诗词，好像都是一气呵成，一气流转。他们写的时候，笔不停挥，欲住不能，我们读的时候，也是欲停不能，宛如高山滑雪，必须一气到底，中间绝无停留的可能。这一种气或者气势，洋溢在他们的诗词之中，沛然不可抗御。批评家和美学家怎样解释这个现象，我不得而知，但这现象是明明白白地存在着的，我则丝毫不怀疑。

我在下面列举太白的几首诗，以资对比：

子夜吴歌·秋歌

长安一片月，万户捣衣声。
秋风吹不尽，总是玉关情。
何日平胡虏，良人罢远征？

关山月

明月出天山，苍茫云海间。
长风几万里，吹度玉门关。
汉下白登道，胡窥青海湾。
古来征战地，不见有人还。
戍客望边色，思归多苦颜。
高楼当此夜，叹息未应闲。

听蜀僧濬弹琴

蜀僧抱绿绮，西下峨眉峰。
为我一挥手，如听万壑松。

客心洗流水，馀响入霜钟。

不觉碧山暮，秋云暗几重。

无论读上面哪一首诗，你能中途停下吗？真仿佛有一股力量，一股气势，在后面推动着你，非读下去不可，读东坡的词，亦复如是。这就是我推崇东坡和太白的原因。

这种想法，过去并没有明确地意识到，它埋藏在我心中久矣。白内障动手术是我平生一件大事，它触动了我的内心，于是这种想法就下意识地涌出来，东坡词适逢其会自然流出了。

我的文艺理论水平低，只能说出，无法解释，尚望内行里手有以教我。

2000年3月20日

推荐"世界经典散文新编"

我喜爱散文，自己也写点散文。但是，经过一段相当长的迷惘期，我才终于认识到，中国是世界散文大国。在历史上，我国散文家人数众多，灿若列星。

五四运动以后，改文言为白话，散文同小说、诗歌、戏剧一样，都改用白话来创作。但是，根据我个人的体会，后三者至少在形式上全部欧化了，唯独散文仍保留传统的形式。我们必须承认，所谓散文的传统形式，是颇为难说的。因为中外散文的形式都是既复杂又统一的，很难说什么是中国的形式。不过，话又说回来，倘若仔细琢磨，中国散文在形式上还是有其特点的。

中国古人说："他山之石，可以攻玉。"在这里，"他山"指的是世界上其他国家。几乎每个国家都有自己的散文创作。尽管散文创作的数量不同，质量不等，但是基本上都有。从总体上，特别是从细微处，倘若仔细加以审视，各国的散文在大体相同的情况下，都各自有其特点。正是这些特点，颇为值得其他国家的散文创作者借鉴。纵然中国是散文大国，也必须学习其他国家的优秀之处。只有这样，中国的散文创作才能日益繁荣发达，日新又日新。

在过去，中国已经出版过一些外国散文的书籍，但是，很不全面，译文质量也不尽如人意。现在天津百花文艺出版社出版了这套“世界经典散文新编”，分为中国卷、欧洲卷、拉丁美洲卷等。其规模之大，收入新的译文之多，都是空前的。这对中国的读者来说是扩大了他们的阅读面，对中国的散文作家来说，是给了他们“他山之石”，这是十分有意义的。因此我怀着感激欣慰的心情来推荐这套书。

2001 年 3 月 16 日

推荐黄宝生译作《摩诃婆罗多》

《摩诃婆罗多》是印度古代两大史诗之一，与《罗摩衍那》并驾齐驱，宛如双峰并峙。对印度文学，以及周边一些国家的文学产生过重大的影响，蜚声世界。

中国虽然用了一千多年的时间翻译印度典籍，但绝大部分都是佛经，文学典籍如凤毛麟角。两大史诗，虽然在佛典中提到过，却从来没有翻译过来。在中印文化交流史上，这应该说是一件憾事。

“文革”后期，我在看大门、守电话之余，穷数年之力，偷偷摸摸地翻译完了《罗摩衍那》，算是给中印文化交流的伟业做了一点贡献，弥补了一个严重的缺憾。但是，对于篇幅还要长几倍的《摩诃婆罗多》则未敢问津。

一直到几年前，几位对梵文和汉语造诣都比较深厚的中青年学者，才开始翻译《摩诃婆罗多》，董其事者为中国社会科学院外国文学研究所所长黄宝生教授。这项庞大的系统工程目前正在顺利地进行着。

这样一部长达十万颂的大史诗，翻译和出版都必然是旷日持久的。现在我推荐的黄宝生译的《摩诃婆罗多·毗湿摩篇》，是最初出版的一部，筚路蓝缕，其开创的意义极其巨大。本书的译文绝对忠实于原文，汉译文虽然无法保留梵文原文诗歌的特点，但是仍然能给人以诗歌的感觉。

由于上面讲的一些理由，我推荐这部书参加评选。

2001 年 3 月 18 日

推荐《林徽因文集·文学卷》

在当今的中国文坛上，女作家相当多，其中佼佼者蜚声海内外，为中国当代文学增添无量光辉。

但是，在新中国成立前，从十九世纪二十年代末一直到十九世纪四十年代，情况可完全不是这个样子。有成就的女作家，如冰心、庐隐、萧红、丁玲等，屈指可数。在这些女作家中，林徽因也可以说是一个佼佼者。更难能可贵的是，林徽因不但是出色的诗人和散文家，而且是一个造诣很高的建筑学家、作家和学者，在中国女作家中尚无其匹。我不懂建筑学，我在这里只介绍林徽因的散文和诗。

十九世纪三四十年代的中国文坛，如果以派别来划分的话，大体上可以分为三大派：文学研究会，文风朴实，陈义平和，主张为人生而艺术，接近西方的现实主义；创造社，文风狂放，陈义甚高，接近西方的浪漫主义；新月社，文风中正朴实，接近文学研究会。林徽因应该归入新月派，她的文友也多是此派中人。

林徽因的写作态度极其认真。萧乾在本书的“代序”中写道:“徽因自己写得不算多，但她的写作必是由她心坎里爆发出来的，不论是悲是喜，必得觉得迫切需要表现时才把它传达出来。”这一番话真是切中肯綮的。

现在我们读林徽因的散文和诗，特别是她的诗歌，不能不感受到，才气流溢于字里行间，奇想飞腾于文字之外，我们得到的是不同寻常的美感享受。称之为“才女”，信不诬也。

可惜的是，林徽因写得不多，能搜集到的就更少。过去有出版社曾为她出过几本集子，都极单薄。现在的这本集子，是由她自己的公子梁从诫先生亲自搜集和编定的。虽然仍不能齐全，但已是迄今为止最完备的本子了。这一点实在是非常难能可贵的。加之天津百花文艺出版社又在印刷和装帧方面力求精美，可谓珠联璧合。

由于上述原因，我诚挚推荐《林徽因文集·文学卷》参加国家评奖活动。

2001 年 3 月 20 日

《科学与艺术的交融：纳米科技与人类文明》读后感

今年十一月二日，我在“北大论坛”上发了一次言。我在学术座谈会上，或者堂而皇之地称为“学术讲座”上发言，有人称之为作报告，一向没有讲稿，因此也就没有题目。这一次发言依然如故。录音整理者给它加上了一个题目——《天人合一，文理互补》，实在是得其神髓，我非常满意。发言稿登在北京大学校刊上，立即引起了北京大学电子学系吴全德教授的注意，他枉驾寒舍，告诉我他完全赞成我的看法，并且送给了我他的新著《科学与艺术的交融：纳米科技与人类文明》（北京大学出版社，二〇〇一年七月第一版）。我大喜过望。发表一种意见而能得到赞同，这也是知己的一种表现形式。我焉能不大喜呢？

我拿到了书，立即埋首读起来。但是，我是搞语言的，物理学只有高中水平，电子学则一窍不通。我读这一本融合文理的书，真是苦乐参半。读到讲物理学的部分，则若读天书，不知所云，味同嚼蜡，苦不堪言。读到讲艺术的部分，则豁然开朗，字字珠玑，其甘如饴，乐不可支。我一连读了几遍，觉得这真是一部好书，处处引人入胜，给人以无穷无尽的启悟，发人深思。它在科学与艺术之间架了一座可靠的桥梁。

我现在引用几句吴先生引用的教育家和自然科学家的话，引用原话比自己解释更为可靠。蔡元培先生在《美术与科学的关系》一文中写道："科学虽然与美术不同，在各种科学上，都有可以应用美学眼光的地方。"鲁迅在《科学史教篇》中指出，仅片面地推崇科学，人生必大归于孤寂。他又指出，人类所当希冀要求者，不仅是牛顿，也应有莎士比亚，不仅要有波义耳，也要有拉斐尔那样的画家；既要有康德，也必须有贝多芬；既要有达尔文，也必须有卡莱尔似的著作家。凡此种种，"皆所以致人性于全，不使偏倚，因此见今日之文明者也"。（羡林按：请注意鲁迅使用的这一个"全"字。）正如吴全德先生在书中几个地方讲到的那样，科学与艺术如鸟之双翼，车之两轮，缺一就是不"全"。

吴全德先生还引用了一些著名的科学家和哲学家的话。爱因斯坦说："真正投身于科学事业的人都有对自然和谐与美的追求。"庞加莱曾写道："科学家研究自然是因为他从中得到快乐，他从中得到快乐是因为它美，是根源于自然各部分和谐秩序、纯理智能够把握住的内在美。"德国数学家魏尔（H.Weyl）

说："我在工作时总是尽力把真和美统一起来，但当我必须在两者中挑一个时，我通常选择美。"德国科学史家菲舍尔认为，所有伟大的科学家都追求美的感受，他们懂得从美学中获得科学灵感，从而揭示自然界的真理。这几句话有极大的概括性。

吴全德先生在本书中还引用了大量的名人的言论和看法，我不再引用了。总之，一句话：科学与艺术之间有密切的关系或者联系，这一点是无可怀疑的了。

当代中国艺术家和华裔科学家中也有人注意到科学与艺术的关系，比如吴冠中教授、李政道教授、杨振宁教授，等等。详情具见本书中，请读者自行参阅。我认为，对科学与艺术交融问题讲得最全面、最彻底、最系统的，还是吴全德教授的这一本书。书中有很多很精彩的意见，比如强调艺术中"美"与"妙"的区别。他说："'美'的着眼点是一个有限的对象，就是要把一个有限的对象刻画得很完美。而'妙'的着眼点是整个人生，是整个自然造化。'造化'就是大自然。"下面一直讲到"境外之象""景外之象"，最终点到"意境"，这是研究中国诗歌美术的一个人所共知的术语。这些话虽然是引自叶朗教授的著作，但是吴全德教授显然是完全赞成的。又如，吴先生讲到石画，这是造化形成的。中国有名的大理石也属于这个范畴。吴先生说："令人惊奇的是，天公在四亿五千万年前太古形成时怎能创造出中国风格的水墨画呢！"再如，吴先生在全书几个地方都强调了“开发右脑”。关于这个问题，吴先生在本书中有极长极细致的论述。吴先生论述的核心问题是，根据科学家的研究，左脑是“理性脑”，右脑是“感情脑”。也有人称左脑为“自身脑”，右脑为“祖先脑”。吴先生认为，新中国成立后的“应试教育”，一边倒地开发左脑，其结果是，学习者缺少创意，缺乏整体意识，偏执于个人的成败得失。目前提倡素质教育，应着重开发右脑，这样就能提高艺术鉴赏力，提高创新欲望，容易激发灵感，令人心平气和，生活平静、协调。此外，吴先生还有很多精彩的意见，限于篇幅，不能一一叙述了。

但是，我认为，吴先生最重要的最有意义的贡献还在于，他嫌几亿年太久，他在实验室中创造出类似石画的中国。读者只要看一看本书所附的那些实验室中产生出来的彩色图片，就不会有人不感到大吃一惊的。这些自然产生的图画，鬼斧神工，与中国文人笔下的画毫无二致。人们真不能不相信科学与艺术的交融。至于为什么会出现这种现象，我们目前还无法解释。解释过了头，就会濒临神秘主义，我们还是就此打住吧。

前两天，我收到了《中国书法》本年第十一期，第一篇文章就是《艺术也有规律，但和科学要求的不一样》，是刘正成先生采访熊秉明先生的谈话记录。熊秉明先生说：“黑格尔很重视自然美和艺术美的区别。艺术美是心灵的创造，其精神是自然美本身所没有的。艺术美有一个作者，有人的成分在，有一个主观在。”我对黑格尔的美学没有深入的研究，不知道熊秉明先生具体的意见是什么，但是，我认为，如果把一幅画家画的画和吴全德教授在实验室中拍摄的“画”一起摆在一个欣赏者眼前，他只要看到画美，便会得到美感享受，得到快乐，得到启发，得到灵感。他不会，也用不着去追问去研究，这一幅画是人工画成的还是造化创造的。那是一个研究者的任务，与欣赏活动无关。

总之，科学与艺术的交融是一个事实，是无法否认的。

可是，我想再进一步追问一句：在人文社会科学中，科学只能同艺术交融吗？我认为，不会的。我希望文理双方的专家都要考虑交融的问题。各科的情况不同，交融的过程也不会一样。但是，在二十一世纪，文理交融是学术发展前进的必由之路，这一点我是敢肯定的。

我热诚推荐吴先生的这本新著。因为我并不全懂，所以不敢说这是一篇书评，只能说这是一篇读后感。

2001 年 11 月 26 日

读《敬宜笔记》有感

近几年来，由于眼睛昏花，极少能读成本的书。可是，前些日子，范敬宜先生来舍下，送来他的《敬宜笔记》。我翻看了一篇，就被它吸引住，在诸事丛杂中，没用多长时间，就把全书读完了。我明白了很多人情事理，得到了极大的美感享受。我必须对敬宜先生表示最诚挚的谢意和敬意。同样的谢意和敬意也必须给予小钢，是她给敬宜在《新民晚报》“夜光杯”副刊上开辟了专栏。

书中的文章都是非常短的，内容则比较多样，有的讲世界大事，有的讲国家大事，更多的则是市井小事及个人感受。没有半句假话、大话、空话、废话和套话。讲问题则是单刀直入，直抒胸臆。我想用四个“真”来表示：真实、真切、真诚、真挚，可以称之为四真之境。

最值得注意的是文风。每一篇都如行云流水，舒卷自如，不加雕饰，秀色天成。读的时候，你的思想，你的感情也都被文章所吸引，或卷或舒，得大自由，得大自在。

但是，这里却有了问题。

我仿佛听到有人责问我：“你不是主张写散文必须惨淡经营吗？你现在是不是改变主意了？”答曰：“我并没有改变主意。我仍然主张惨淡经营。”中国是世界上的散文大国，几千年来，名篇佳作浩如烟海。惨淡经营是我从中归纳出来的，抽绎出来的一点经验，一条规律，并不是我的发明、创造，我不敢居功自傲。

但是，仅仅这样说，还不够全面。古代的散文大家们还有另外一种情况。他们写庄重典雅的大文章时一定是惨淡经营的，讲结构，讲节奏，字斟句酌，再三推敲，加心加意，一丝不苟。但是，如果即景生情，则也信笔挥洒，仿佛是信手拈来，自成妙文。二者之间有什么联系吗？二者之间是什么关系呢？我认为是有联系的。信手拈来的妙文是在长期惨淡经营的基础上的神来之笔。拿书法和绘画来打个比方。书法必须先写正楷，横平竖直，点画分明，然后才能在这个基础上任意发挥。如果没有这个基础，浮躁浅薄，急于求成，这样的书法只能成为鬼画符。绘画必须先写生素描。没有下这番苦功而乱涂乱抹，也只能成为鬼画符。

敬宜先生的“笔记”是他自己的谦称，实际上都是美妙的散文或小品文。他从事报纸编辑工作几十年，有丰富的惨淡经营的经验。现在的“笔记”就是在这个基础上信手拈来的。敬宜不但在写作方面有坚实的基础，实际上还是一位中国古代称之为“三绝”的人物，诗、书、画无不精妙。他还有胜于古代的“三绝”之处，他精通西方文化，怕是古人难以望其项背的。我杜撰一个名词，称之为“四绝”。

我忽然浮想联翩，想到了敬宜先生的祖先宋代文武双全的大人物范仲淹。他的名著《岳阳楼记》是千古名篇，其中的名句“先天下之忧而忧，后天下之乐而乐”是今天许多先进人物的座右铭。孟子说：“君子之泽，五世而斩。”现在看来，范仲淹之泽，数十世而不斩。今天又出了像敬宜先生这样的人物。我还想顺便提一句：今天范仲淹的后代还有一位范曾，也是一个“四绝”的人物。这个现象颇值得注意。

最后，我还想告诉“夜光杯”的读者们，见了敬宜先生的“笔记”，千万不要放过。

2002 年 4 月 6 日

观潘维明摄影集《中国农家》

艺术追求的是美，再详细一点说，是真、善、美相结合。

摄影是艺术的一个分支，追求的目标，当无二致。《中国农家》的英文译名是 The charm of China's Countryside，干脆就把“美”字点出来。charm 的含义当然比“美”字要广泛：但是其中至少也包含了“美”。

潘维明先生在北京大学学习的科目与摄影无关，但是，他长期以来酷爱摄影。同所有真正的艺术家一样，他表现出令人吃惊的敬业精神，敬业到玩命的程度。他不远千里，甚至不远万里，走遍了全国许多地区，连一般人认为很偏远的地方他也不放过，比如西藏、新疆、云南丽江地区，等等。他的着眼点是中国农村。他能从平凡处见到 charm，从细微处见到 charm，从别人不注意的地方见到 charm。他用自己精心改造的照相机，咔嚓一声，暂时的 charm 遂成为永恒，收在《中国农家》中的照片可以为证。我想，谁看了都会说，这些照片是美的，是具有 charm 的。

我还想进一步指出，潘维明是摄影家，而不是摄影匠。“家”与“匠”虽只是一字之差，其间的区别却是巨大的。“匠”追求的只是技巧方面的东西，而“家”则除了技巧以外还有思想基础和文化底蕴。潘维明告诉我，他同明代大旅行家徐霞客一样，对云南的丽江情有独钟，在那里待的时间最长。丽江已被联合国教科文组织批准为世界文化遗产保护单位，这是极为难得的事情。潘维明在那里悟到了两个问题：一个是在中国城市建设中，保存文化遗产与现代化的矛盾问题，一个是中国的传统思想天人合一问题。下面我分别来谈一谈。

先谈第一个问题。这个问题在新中国成立初期改造大城市时就遇到了。当时的领导人大概还没有意识到这竟是一个问题。他们只注意到现代化，几乎很少考虑文化遗产的保护。所以他们认为阻碍其现代化者，一律拆除。首当其冲的是城墙，今日已知其非。实际上，现代化与保留文化遗产，如果处理好了，并不会成为你死我活的矛盾。例子也不缺少，外国有德国的波恩，中国有云南的丽江。

再谈第二个问题。潘维明告诉我，他在云南丽江感悟到中国传统思想天人合一的重要性，详细一点说，就是人与大自然要和谐共处，不要提什么“征服自然”，要了解自然，认识自然，在这个基础上再伸手向自然要衣，要食，要住，要行。我个人认为，这是当今世界最重要的问题之一，是关系到人类生存发展前途的大问题，切不可等闲视之。

以上两点我认为就是潘维明摄影艺术的思想基础和文化底蕴。我认为他不是一个摄影匠，而是一位摄影家，一位特立独行的摄影家。

2002 年 4 月 10 日

《儒林外史》取材的来源

在所有的中国长篇小说里，除了《红楼梦》以外，我最喜欢的就是《儒林外史》。平常翻看杂书的时候，遇到与《儒林外史》有关的材料，就随时写下来，现在把笔记拿出来一看，居然已经写了很多。其中有许多条别的学者也注意过（参阅鲁迅《小说旧闻钞》、孔另境《中国小说史料》、蒋瑞藻《小说考证》）。但还有几条是以前的学者没有注意到的，而这几条据我看对《儒林外史》取材来源的问题又可以给我们许多启示，所以我就在下面抄下来谈一谈。

尤侗《艮斋杂记》说：

箨庵官知府时，终日以围棋度曲自娱。长官讽言曰："闻君署中终日只闻棋声，笛声，曲声，是否？"袁曰："然。闻明公署中终日亦有三声。"长官问何声。袁曰："是算盘声，天秤声，板子声耳。"长官大恚，遂劾之落职。

褚人获《坚瓠集》十集卷一也记载了同一个故事：

又闻先生（袁箨庵）在武昌时，某巡道谓曰："闻贵府衙中有二声，棋子声，唱曲声。"先生对曰："老大人也有二声：天秤声，竹爿声。"某默然。未几先生遂挂弹章。

这两条笔记都记的是袁箨庵一个人的事，大概根据事实而来。《儒林外史》第八回也有一个相同的故事：

前任泉臬司向家君说道："闻得贵府衙门里有三样声息。"王太守道："是哪三样？"蘧公子道："是吟诗声，下棋声，唱曲声。"王太守大笑道："却也有趣的紧。"蘧公子道："将来老先生一番振作，只怕要换三样声息。"王太守道："是哪三样？"蘧公子道："是戥子声，算盘声，板子声。"

这里有两个可能：蘧太守或者就是影射的袁箨庵，或者影射的另外一个人，而吴敬梓却把袁箨庵的故事借来用到他身上。

《随园诗话》卷四说：

古闺秀能诗者多，何至今而杳然？余宰江宁时，有松江女张氏二人，寓居尼庵，自言文敏公族也。姐名宛玉，嫁淮北程家，与夫不协，私行脱逃。山阳令行文关提。余点解时，宛玉堂上献诗云：“五湖深处素馨花，误入淮西估客家，得遇江州白司马，敢将幽怨诉琵琶。”余疑倩人作，女请面试。予指庭前枯树为题。女曰：“明府既许婢子吟诗，诗人无跪礼。请假纸笔立吟可乎？”余许之。乃倚几疾书曰：“独立空庭久，朝朝向太阳。何人能手植，移作后庭芳？”未几，山阳冯令来，予问张氏女作何办？曰：“此事不应断离。然才女嫁俗商，不称。故释其背逃之罪，且放归矣。”问何以知其才。曰：“渠献诗云：‘泣诉神明宰，容奴返故乡。他时化蜀鸟，衔结到君旁。’”冯故四川人也。

这不完完全全就是《儒林外史》第四十回和第四十一回写的女诗人沈琼枝吗？

《酉阳杂俎》卷一说：

天宝末，交趾贡龙脑，如蝉蚕形。波斯言，老龙脑，树节方有。禁中呼为瑞龙脑。上唯赐贵妃十枚。香气彻十余步。上夏日尝与亲王棋，令贺怀智独弹琵琶。贵妃立于局前观之。上数子将输，贵妃放康国猧子于坐侧，猧子乃上局，局子乱，上大悦。时风吹贵妃领巾于贺怀智巾上，良久回身方落。贺怀智归，觉满身香气非常，乃卸幞头，贮于锦囊中。及上皇复宫阙，追思贵妃不已，怀智乃进所贮幞头，具奏他日事。上皇发囊泣曰：“此瑞龙脑香也。”

《儒林外史》第五十三回也有一个类似的故事：

陈木南又要输了。聘娘手里抱了乌云盖雪的猫。望上一扑，那棋就乱了。

这同杨贵妃的故事完全一样。我不相信这是偶合。我觉得这是吴敬梓有意的借用。

以上一共举了三个例子。仅就这三个例子说，我觉得我们就应该把对《儒林外史》取材来源的看法修正一下了。一般人都以为《儒林外史》里的人物大都是实有其人，上元金和的《跋》就开了一个名单，后来也有别人有过同样的推测。我不否认，书中人物有很多是影射的真人，但倘若说，人既然是真的，事情也就应该是真的，这就有了问题。张铁臂的故事完全来自《桂苑丛谈》，这别的学者也已经指出来过。我们在上面第三个例子里又指出聘娘的故事是抄袭的杨贵妃故事。这只是两个例子，实际上《儒林外史》借用以前笔记或小说的地方绝不会只有这两处。从这里我们可以看出，吴敬梓并不真是想替这些儒林里的人物立传，他是在创作小说，同别的小说家一样。在以前的小说或笔记里，只要看到有用的材料，他就搜集起来，写到他自己的书里。倘若读者真正相信这书里所写的都是实有其人，实有其事，听了金和的话到雍乾间诸家文集里去搜寻，那就会徒劳无功了。

1948 年 1 月 23 日写于北京大学

读马元材著《秦史纲要》

我自己对秦史可以说是毫无通解，听说马先生是研究秦史的专家，所以就把他的大著《秦史纲要》从图书馆里借出来，预备仔细读一读。但我还没读到正文，只读到他的自序的第二页，就读到下面的话：

抑予因之而有感矣！读书之道，真不易言。予治秦史，其最基本之根据，即为史记。史记者，乃幼而习之之书也。即以发心治秦史之年起计之，至今亦已十有二年。钻研于史记之中者，何止百千万遍。乃逾十年，至三十年秋，始识‘禁不得祠’之‘不得’，即为‘浮屠’。又逾二年，至本年春（一九四四年——季羡林注），始识‘羡门’即‘沙门’，‘安期’即‘阿耆尼’。（均见本书下册及拙著《秦时佛教已流行中国考》——作者原注）

不必再看全书，只是这短短几句话我觉得就有商榷的必要了。

马先生所说的《秦史大纲》下册和《秦时佛教已流行中国考》似乎还没有出版，至少我还没有看到。我不知道内容怎样，但只看上面自序里的一段话也就可以看出来，“禁不得祠”的“不得”就是后来的“浮屠”这件事是他在一九四一年秋才发现的，而且看口气还是独创，并不是抄袭别人的。这使我大吃一惊。远在一九二七年日本学者藤田丰八就写过一篇论文（《东洋学报》第十六卷第二号），主张“不得”就是梵文Buddha的音译。中外学者们对这篇文章的反应几乎是一致的，他们都认为这学说不能成立。原文“禁不得祠明星出西方”的“不得”是虚字，不是实字。汤用彤在他的《汉魏两晋南北朝佛教史》上册第七页至第八页也讨论过这个问题，他也认为这个说法毫无根据。可是马先生竟在藤田的论文出版后十四年，在他自己发心治秦史以后十年，又忽然发现了“不得”就是“浮屠”。在他的大著《秦时佛教已流行中国考》里，这也许就是主要论证，我们除了吃惊以外，还有什么可说呢？

我们当然不能要求一个学者读尽世界上所有的书，这根本是不可能的，但在他研究范围以内的书籍和论文，他总应该大体知道。尤其是藤田这篇论文好多学者都讨论过，一个自命研究秦史的学者似乎不应该不知道。即使我们再退一步说，倘若一位学者想写一篇论文证明秦时佛教已经流入中国，他无论如何也应该看一看汤用彤著的《汉魏两晋南北朝佛教史》。但马先生对这一切竟都茫然，我们除了吃惊以外，真没有别的可说了。

我们现在再谈马先生在“发心治秦史”以后十二年发现的两个外来的假借字。“羡门”即是“沙门”，“安期”即是“阿耆尼”。我们从《史记》的记载里只能看出，“羡门”是一个住在虚无缥缈间的仙人。然而马先生却说，这就是印度的和尚。按“沙门”的梵文原文是Sramana，巴利文是Samana。唐释慧琳《一切经音义》卷十八说：“沙门，梵语讹也。正梵音云室啰末拏。”（《大正大藏经》卷五十四页上）据我们现在的研究，“沙门”并不“讹”，因为它不是直接由梵文译过来的，而是经过一番媒介。在吐火罗文A（焉耆语）里，梵文Sramana变成Samam，在吐火罗文B（龟兹语）里变成Sa-manec中文“沙门”就是从吐火罗文译过来的。马先生既然主张“羡门”即是“沙门”，是不是知道“沙门”的来源还有这么多曲折，是不是能证明“羡门”也是经过了吐火罗文的媒介才译成中文的呢？他最少也应该能证明“羡门”是从印度古代俗语（Prakrit）里译过来的，因为梵文Sramana绝不会译成“羡门”。我恐怕这些马先生都做不到。然而他自己却认为这已经毫无问题。在他的秦史里他已经替“羡门”立了一个独立的传了。

至于“阿耆尼”，梵文原文是Agni，是火神，在印度古代非常受尊崇。梨俱吠陀里有很多歌是赞咏火神的。中译“阿耆尼”与梵音相当，但“安期”却有了问题。据高本汉（Bernhard Karlgren）的构拟，“安”字的发音是：an/an/an（GrammataSerica，146）。

“期”字的发音是：kiag/kji/ki（GrammataSerica，952）。

马先生能证明为什么梵文 Agni 到了中国变了音吗？除了这译音方面的困难以外，我们也不明白，为什么印度的火神跑到中国来摇身一变成了仙人？我们也希望马先生能解释给我们听。

我对马先生大著自序里那几句话的批评就到这里为止。也许有人认为我小题大做。马先生只是寥寥数语，我却写了一大篇。但我觉得马先生的那寥寥数语却代表现在中国学术界一种很流行又非常荒谬的风气，我们应该起来纠正。有许多所谓学者对中亚古代语文毫无通解，却偏好来谈对音。他们连最根本的常识都没有，连最简单的方法都不知道，他们有的只是极可怜的一点幻想，他们就用这幻想来研究问题。只要他们高兴，他们可以把任何中国字同任何外国字拉在一起，说这个中国字就是这个外国字的音译。他们仿佛是玩积木的小孩子，能够把外国字的字母一个个分开来，再一个个重新排起来，前后次序对他们来说根本不重要。这种作风让我们看了真是啼笑皆非。我们简直可以说，这是学术界的妖孽。最近有好多学者写这样的文章。在读这些文章以前，我不相信，世界上会有这样荒谬的东西，读了以后，我才知道，我究竟还是井底之蛙。南京一位老学者在这方面尤为努力，他写过许多这样的文章。最妙的是，他也有一篇文章说“不得”就是“浮屠”，登在《真理》上（这是张苑峰先生告诉我的），真可谓无独有偶了。

我写了一大篇，并不是对马先生有什么不敬，我只是借题发挥，希望学者们在研究对音的时候要特别小心。马先生的书也许还有有价值的地方，恕我是外行，在这里只谈他自序里的那一段话，其余的就不谈了。

1948年6月15日写于北京大学

第二辑

一语天然万古新

没有新意，不要写文章

在芸芸众生中，有一种人，就像我这样的教书匠，或者美其名曰，称之为“学者”。我们这种人难免不时要舞笔弄墨，写点文章。根据我的分析，文章约而言之可以分为两大类：一是被动写的文章，一是主动写的文章。

所谓“被动写的文章”，在中国历史上流行了一千多年的应试的“八股文”和“试帖诗”，就是最典型的例子。这种文章多半是“代圣人立言”的，或者是“颂圣”的，不许说自己真正想说的话。换句话说，就是必须会说废话。记得鲁迅在一篇文章中举了一个废话的例子：“夫天地者乃宇宙之乾坤，吾心者实衷怀之在抱。久矣夫，千百年来已非一日矣。”（后面好像还有，我记不清楚了）这是典型的废话，念起来却声调铿锵。“试帖诗”中也不乏好作品，唐代钱起咏湘灵鼓瑟的诗，就曾被朱光潜先生赞美过，而朱先生的赞美又被鲁迅先生讽刺过。到了今天，我们被动写文章的例子并不少见。我们写的废话，说的谎话，吹的大话，都是到处可见的。我觉得，有好多文章是大可不必写的，有好些书是大可不必印的。如果少印刷这样的文章，少出版这样的书，则必然能够少砍伐些森林，少制造一些纸张，对保护环境、保持生态平衡会有很大的好处，对人类生存的前途也会减少危害。

至于主动写的文章，也不能一概而论，仔细分析起来，也是五花八门的。有的人为了提职，需要提交“著作”，于是就赶紧炮制；有的人为了成名成家，也必须有文章，也努力炮制。对于这样的人，无须深责，这是人之常情。炮制的著作不一定都是“次品”，其中也不乏优秀的作品。像吾辈“爬格子族”的人们，非主动写文章以赚点稿费不可，只靠我们的工资，必将断炊。我辈被“尊”为教授的人，也不例外。

在中国学术界，主动写文章的学者中，有不少的人学术道德是高尚的。他们专心一志，唯学是务，勤奋思考，多方探求。写出来的文章尽管质量有点参差不齐，但是他们都是值得钦佩、值得赞美的，他们是我们中国学术界的脊梁。

真正的学术著作，约略言之，可以分为两大类：单篇的论文与成本的专著。后者的重要性不言自明。古今中外的许多大部头的专著，像中国汉代司马迁的《史记》、宋代司马光的《资治通鉴》，等等，都是名垂千古、辉煌璀璨的巨著，是我们国家的瑰宝。这里不再详论。我要比较详细地谈一谈单篇论文的问题。单篇论文的核心是讲自己的看法、自己异于前人的新意，要发前人未发之覆。有这样的文章，学术才能一步步、一代代向前发展。如果写一部专著，其中可能有自己的新意，也可能没有。因为大多数的专著是综合的、全面的叙述，即使不是自己的新意，也必须写进去，否则就不算全面。论文则没有这种负担，它的目的不是全面，而是深入，而是有新意，它与专著的关系可以说是相辅相成的。

我在上面几次讲到“新意”，“新意”是从哪里来的呢？有的可能是从天上掉下来的，是出于“灵感”，比如传说中牛顿因见苹果落地而悟出地心引力。但我们必须注意，这种灵感不是任何人都能有的。牛顿一定是很早就考虑这类问题，昼思夜想，一旦遇到相应的时机，便豁然顿悟。吾辈平凡的人，天天吃苹果，只觉得它香脆甜美，管它什么劳什子“地心引力”干吗！在科学技术史上，类似的例子还可以举出不少来，现在先不去谈它了。

在以前极“左”思想肆虐的时候，学术界曾大批“从杂志缝里找文章”的做法，因为这样就不能“代圣人立言”，必须心中先有一件先入为主的教条的东西要宣传，这样的文章才合乎程式。有“学术新意”是触犯“天条”的。这样的文章一时间滔滔者天下皆是也。但是，这样的文章印了出来，再当作垃圾卖给收破烂的（我觉得这也是一种“白色垃圾”），除了浪费纸张以外，丝毫无补于学术的进步。我现在立一新义：在大多数情况下，只有到杂志缝里才能找到新意。在大部头的专著中，在字里行间，也能找到新意，旧日所谓“读书得间”，指的就是这种情况。因为，一般说来，杂志上发表的文章往往只谈一个问题，里面是有新意的。你读过以后，受到启发，举一反三，自己也产生了新意，然后写成文章，让别的学人也受到启发，再举一反三。如此往复循环，学术的进步就寓于其中了。

可惜——是我觉得可惜——眼前在国内学术界，读杂志的风气，颇为不振。不但外国的杂志不读，连中国的杂志也不看。闭门造车，焉得出而合辙？别人的文章不读，别人的观点不知，别人已经发表过的意见不闻不问，只是一味地写。这样怎么能推动学术进步呢？更可怕的是，这个问题几乎没有人提出。有人空喊“同国际学术接轨”。不读外国同行的新杂志和新著作，你能知道“轨”究竟在哪里吗？连“轨”在哪里都不知道，空喊“接轨”，不是天大的笑话吗？

1998年2月24日

我的处女作

哪一篇是我的处女作呢？这有点难说。究竟什么是处女作呢？也不容易说清楚。如果小学生的第一篇作文就是处女作的话，那我说不出。如果发表在报纸杂志上的第一篇文章是处女作的话，我可以谈一谈。

我在高中时就开始学习写东西。我的国文老师是胡也频、董秋芳（冬芬）、夏莱蒂诸先生。他们都是当时文坛上比较知名的作家，对我都有极大的影响，甚至影响了我的一生。我当时写过一些东西，包括普罗文艺理论在内，颇受老师们的鼓励，从此就同笔墨结下了不解之缘。在那以后的五十多年中，我虽然走上了一条与文艺创作关系不大的道路，但是积习难除，至今还在舞笔弄墨，好像不如此，心里就不得安宁。当时的作品好像没有印出来过，所以不把它们算作处女作。

高中毕业后，到北京来上大学，念的是西洋文学系。但是只要心有所感，就如骨鲠在喉，一吐为快，往往写一些可以算是散文一类的东西。第一篇发表在天津《大公报》的“文艺副刊”上的文章，题目是《枸杞树》，里面记录的是一段真实的心灵活动。我十九岁离家到北京考大学，这是我第一次走这样长的路，而且中学与大学之间好像有一条鸿沟，跨过这条沟，人生旅途上就有了一个新的起点。

这情况反映到我的心灵上引起了极大的波动，我有点惊异，有点担心，有点好奇，又有点迷惘。初到北京，什么东西都觉得新奇可爱，但是心灵中又没有余裕去爱这些东西。当时想考上一个好大学，比现在要难得多，往往在几千人中只录取一两百名，竞争是异常激烈的，心里的斗争也同样激烈。因此，心里就像是开了油盐店，酸、甜、苦、辣，什么滋味都有。但是美丽的希望也时时向我招手，好像在眼前不远的地方，就有一片玫瑰花园，姹紫嫣红，芳香四溢。

这种心情牢牢地控制住我，久久难忘。大学考取了，再也不必担心什么了，但是对这种心情的忆念却依然存在，最后终于写成了这一篇短文:《枸杞树》。

这一篇所谓处女作有什么值得注意的地方呢?同我后来写的一些类似的文章有什么关系呢?仔细研究起来，值得注意的地方还是有的，首先就表现在这篇短文的结构上。所谓结构，我的意思是指文章的行文布局，特别是起头与结尾更是文章的关键部位。文章一起头，必须立刻就把读者的注意力牢牢捉住，让他非读下去不可，大有欲罢不能之势。这种例子在中国文学史上是颇为不少的。我曾读到过一段有关宋朝大文学家欧阳修写《相州昼锦堂记》的记载。大意是说，欧阳修经过深思熟虑把文章写完，派人送走。但是，他忽然又想到，文章的起头不够好，立刻派人快马加鞭，追回差人，把文章的起头改为“仕宦而至将相，富贵而归故乡，此人情之所荣，而今昔之所同也”，自己觉得满意，才又送走。

我想再举一个例子。宋朝另一个大文学家苏轼写了一篇有名的文章《潮州韩文公庙碑》，起头两句是：“匹夫而为百世师，一言而为天下法。”《古文观止》编选者给这两句话写了一个夹注：“东坡作此碑，不能得一起头，起行数十遭，忽得此两句，是从古来圣贤远远想入。”

这样的例子还可以举出一些，我现在暂时不举了。从这些例子中可以看出，我国古代杰出的文学家是以多么慎重严肃的态度来对待文章的起头的。

至于结尾，中国文学史上有同样著名的例子。我在这里举一个大家所熟知的，这就是唐代诗人钱起的《省试湘灵鼓瑟》。这首诗的结尾两句话是：“曲终人不见，江上数峰青。”让人感到韵味无穷。只要稍稍留意就可以发现，古代的诗人几乎没有哪一篇不在结尾下功夫的，诗文总不能平平淡淡地结束，总要给人留下一点余味，含吮咀嚼，经久不息。

写到这里，话又回到我的处女作上。这篇短文的起头与结尾都有明显的惨淡经营的痕迹，现在回忆起来，只是那个开头，就费了不少工夫，结果似乎还算满意，因为我一个同班同学看了说：“你那个起头很有意思。”什么叫“很有意思”呢？我不完全理解，起码他是表示同意吧。

我现在回忆起来，还有一件事情与这篇短文有关，应该在这里提一提。在写这篇短文之前，我曾翻译过一篇英国散文作家 L.P.Smith 的文章，名叫《蔷薇》，发表在一九三一年四月二十四日《华北日报》的副刊上。这篇文章的结构有一个特点，在第一段最后有这样一句话：“整个小城都在天空里熠耀着，闪动着，像一个巢似的星圈。”这是那个小城留给观者的一个鲜明生动的印象。到了整篇文章的结尾处，这句话又出现了一次。我觉得这种写法很有意思，在写《枸杞树》的时候有意加以模仿。我常常有一个想法：写抒情散文（不是政论，不是杂文），可以尝试着像谱乐曲那样写，主要旋律可以多次出现，把散文写得像小夜曲，借以烘托气氛，加深印象，使内容与形式彼此促进。这也许只是我个人的幻想，我自己也尝试过几次。结果如何呢？我不清楚。好像并没有得到知音，颇有寂寞之感。事实上中国古代作家在形式方面标新立异者，颇不乏人，欧阳修的《醉翁亭记》是一个有名的例子。现代作家，特别是散文作家，极少有人注重形式，我认为似乎可以改变一下。

“你不是在这里宣传‘八股’吗？”我隐约听到有人在斥责。如果写文章讲究一点技巧就算是“八股”的话，这样的“八股”我一定要宣传。我生也晚，没有赶上作八股文的年代。但是我从一些清代的笔记中了解到八股的一些情况。它的内容完全是腐朽昏庸的，必须彻底加以抛弃。至于形式，那些过分雕琢巧伪的东西也必须否定。那一点想把文章写得比较有点逻辑性、有点系统性，不蔓不枝，重点突出的用意，则是可以借鉴的。写文章，在艺术境界形成以后，在物化的过程中注意技巧，不但未可厚非，而且必须加以提倡。在过去，八股中偶尔也会有好文章。前面谈到的唐代钱起的《省试湘灵鼓瑟》就是试帖诗，是八股一类，尽管遭到鲁迅先生的否定，但是你能不承认这是一首传诵古今的好诗吗？当然，自古以来，确有一些名篇，信笔写来，如行云流水，一点也没有追求技巧的痕迹。但是，我认为，这只是表面现象。写这样的文章需要很深的功力，很高的艺术修养，我们平常说的“返璞归真”，就是指的这种境界。这种境界是极难达到的，这与率尔命笔、草率从事完全不可同日而语。这绝非我一个人的怪论，然而，不足为外人道也。

1985 年 7 月 4 日

救救小品文

自从鲁迅先生把小品文封为小摆设以后，一向沉寂的小品文蓦地热闹起来。但它却倒了霉。

在外国，所谓文学者往往分为诗歌、小说、戏剧三大类，小品文只占很小的一部分。然而在中国，小说、戏剧是不被人当成文学的，剩下的只有诗歌，来填这个空的是小品文。一些文集里充满了各种各样的小品文，而这些文集的作者正占据着文学史顶显赫的篇幅，例如唐宋八大家、桐城派等不都是每天挂在人们嘴上的吗？

然而在这样一个国家里，小品文却一向被人利用。

在极渺远的时代，我们就看到小品文的萌芽，似乎一产生就走着黑运，被大人先生们拿来作载道的工具，一直到魏晋六朝，我们才第一次看到人们用小品文来说自己的话，然而便引起了哄笑和嘲讽，说自己话的小品文也就被埋在这哄笑和嘲讽里，度着自己暗淡的命运。

于是到了明末，我们又看到人们用小品文说自己的话。然而又引起了哄笑和嘲讽，说自己话的小品文又被埋在这哄笑和嘲讽里，外面又贴上“满洲”皇帝禁书的封条，喘不上气来，一直到新文学的兴起，小品文依然在寂寞暗淡里活着。

最近又有人说新文学的成功就是小品文的成功，他们提倡小品文，提倡明末人的小品文，这使我高兴。我自己想，不管怎样，居然有人在哄笑和嘲笑里注意到小品文终归是好的；然而不久我却发现他们作起斗方诗来，我才知道他们都是名士，只有名士才能在白话文里加上之乎者也，而美其名曰语录体，在名士们自己摇头摆尾之余，恐怕很有一些陶然的逸趣，但在我们俗人看来，却正像看一个猴子穿上人的衣裳，忸怩作态，顶大的用处也不过催人呕吐。明末的小品文是好的，但我们却不愿意看见死鬼在活人身上复活！

然而我们终于有了小品文大师，小品文也终于倒了霉。

于是鲁迅先生看出小品文的危机来，接着是一片闹嚷嚷的哄声。鲁迅先生是说了自己的话，但在这哄声里我们却听不出什么东西，先是热烈地攻击小品文，仿佛小品文这三个字就反革命。无论是谁，只要作小品文就是封建余孽，因为英国小品文作家特别多，于是我们这些聪明而又勇敢的批评家又把英国人的意识鉴定了一下，结果判了英国人是毫无希望的，一个响应着一个，这哄声延长下去，个人都把自己的嘴脸表演一番，但在这庞杂混乱里我却只见到愚妄与浅薄！

接着是一个转机。人们发现了，小品文是随便可以注入任何东西的，他们不再骂小品文，而只骂小摆设似的小品文。他们要求匕首，于是又一个接着一个，把自己的嘴脸表演一番，这哄声终于又延长下去，拿着纸剪的匕首，他们要的，坐在软椅里喊着拿匕首却动也不动的，他们要的，从没看到过匕首，只把自己梦里的影子画出来的，他们要的——他们要一切这样的匕首，但有谁有过真铁真钢的匕首吗？上帝知道。

小品文终于被他们利用了，终于倒了霉。

而且还要倒下去。在混乱庞杂里我们要救救小品文，我们要小摆设，只要它真的是从内心里流出来的，我们将不眩惑于纸糊的大摆设，我们也要匕首，只要它是真铁真钢的，我们将不眩惑于纸剪的玩意儿。我们绝不能忽视了文艺里的“真”。

1934 年 8 月 23 日

漫谈散文

对于散文，我有偏爱，又有偏见。为什么有偏爱呢？我觉得在各种文学体裁中，散文最能得心应手，灵活圆通。而偏见又何来呢？我对散文的看法和写法不同于大多数的人。

我没有读过《文学概论》一类的书籍，我不知道，专家们怎样界定散文的内涵和外延。我个人觉得，“散文”这个词儿是颇为模糊的。广义的散文，指与诗歌对立的一种不用韵又没有节奏的文体。窄狭一点，就是指与骈文相对的，不用四六体的文体，再窄狭一点，就是指与随笔、小品文、杂文等名称混用的一种出现比较晚的文体。英文称这为“Essay，Familiar essay”，法文叫“Essai”，德文是“Essay”，显然是一个字。但是这些洋字也消除不了我的困惑。查一查字典，译法有多种。法国蒙田的“Essai”，中国译为“随笔”，英国的“Familiar essay”，译为“散文”“随笔”或“小品文”。中国明代后期的公安派或竟陵派的散文，过去则多称之为“小品”。我堕入了五里雾中。

子曰："必也正名乎！"这个名，我正不了，我只好"王顾左右而言他"。中国是世界上散文第一大国，这绝不是"王婆卖瓜"，是必须承认的事实。在西欧和亚洲国家中，情况也有分歧。英国散文名家辈出，灿若列星。德国则相形见绌，散文家寥若晨星。印度古代，说理的散文是有的，抒情的则如凤毛麟角。世上万事万物有果必有因，这种情况的原因何在呢?我一时还说不清楚，只能说，这与民族性颇有关联。再进一步，我就词穷了。

这且不去管它，我只谈我们这个散文大国的情况，而且重点放在眼前的情况上。五四运动是中国近代史上的一件大事，在文学范围内，改文言为白话，也是中国文学史上的一件大事。七十多年以来，中国文学创作取得了长足的进步。但是，据我个人的看法，各种体裁间的发展是极不平衡的。小说，包括长篇、中篇和短篇，以及戏剧，在形式上完全西化了。这是福？是祸？我还没见到有专家讨论过。我个人的看法是，现在的长篇小说的形式，很难说较之中国古典长篇小说有什么优越之处。戏剧亦然，不必具论。至于新诗，我则认为是一个失败，至今人们对诗也没能找到一个形式。既然叫诗，则必有诗的形式，否则可另立专名，何必叫诗？在专家们眼中，我这种对诗的见解只能算是幼儿园的水平，太平淡低下了。然而我却认为，真理往往就存在于平淡低下中。你们那些恍兮惚兮高深玄妙的理论“只堪自怡悦”，对于我却是“只等秋风过耳边”了。

这些先不去讲它，只谈散文。简短地说，我认为五四运动以来中国文坛上最成功的是白话散文，个中原因并不难揣摩。中国有悠久雄厚的散文写作传统，所谓经、史、子、集四库中都有极为优秀的散文，为世界上任何国家所无法攀比。散文又没有固定的形式。于是作者如林，佳作如云，有如八仙过海，各显神通。旧日士子能背诵几十篇上百篇散文者，并非罕事，实如家常便饭。五四运动以后，只需将文言改为白话，或抒情，或叙事，稍有文采，便成佳作。窃以为，散文之所以能独步文坛，良有以也。

但是，白话散文的创作有没有问题呢？有的，或者甚至可以说，还不少。常读到一些散文家的论调，说：“散文的诀窍就在一个‘散’字。”“散”字，松松散散之谓也。又有人说：“随笔的关键就在一个‘随’字。”“随者，随随便便之谓也。”他们的意思非常清楚：写散文随笔，可以随便写来，愿意怎样写，就怎样写，愿意下笔就下笔，愿意收住就收住，不用构思，不用推敲。有些作者自己有时也感到单调与贫乏，想弄点新鲜花样，但由于腹笥贫瘠，读书不多，于是就生造词汇，生造语法，企图以标新立异来济自己的贫乏。结果往往是虽然自我感觉良好，可是读者偏不买你的账，奈之何哉！读这样的散文，就好像吃掺了沙子的米饭，吐又吐不出，咽又咽不下，进退两难，啼笑皆非。你千万不要以为这样的文章没有市场。正相反，很多这样的文章堂而皇之地刊登在全国性的报刊上。我回天无力，只有徒唤奈何了。

要想追究产生这种现象的原因，也并不困难。世界上就有那么一些人，总想走捷径，总想少劳多获，甚至不劳而获。中国古代的散文，他们读得不多，甚至可能并不读，外国的优秀散文，同他们更是风马牛不相及，而他们又偏想出点风头，露一两手。于是就出现了上面提到的那样非驴非马的文章。

我在上面提到我对散文有偏见，又几次说到"优秀的散文"，我的用意何在呢？偏见就在"优秀"二字上。原来我心目中的优秀散文，不是最广义的散文，也不是"再窄狭一点"的散文，而是"更窄狭一点"的那一种。即使在这个更窄狭的范围内，我还有更窄狭的偏见。我认为，散文的精髓在于"真情"二字，这二字也可以分开来讲：真，就是真实，不能像小说那样生编硬造；情，就是要有抒情的成分。即使是叙事文，也必有点抒情的意味，平铺直叙者为我所不取。《史记》中许多《列传》，本来都是叙事的，但是，在字里行间洋溢着一片悲愤之情，我称之为散文中的上品。贾谊的《过秦论》，苏东坡的《范增论》《留侯论》等，虽似无情可抒，然而却文采斐然，情即蕴涵其中，我认为是散文中的上品。

这样的散文精品，我已经读了七十多年了，其中有很多篇我能够从头到尾地背诵。每次背诵，甚至仅背诵其中的片段，就能给我以绝大的美感享受。如饮佳茗，香留舌本；如对良友，意寄胸中。如果真有“三月不知肉味”的话，我即是也。从高中直到大学，我读了不少英国的散文佳品，文字不同，心态各异。但是，仔细玩味，中英又确有相通之处：写重大事件而不觉其重，状身边琐事而不觉其轻，娓娓动听，逸趣横生，读罢掩卷，韵味无穷。有很多很多值得我们学习借鉴之处。

至于六七十年来中国并世的散文作家，我也读了不少他们的作品。虽然笼统地称之为“百花齐放”，其实有成就者何止百家。他们各有自己的特色，各有自己的风格，合在一起看，如一个姹紫嫣红的大花园，给五四运动以后的中国文坛增添了无量光彩。给我印象最深刻、最鲜明的有鲁迅的沉郁雄浑，冰心的灵秀玲珑，朱自清的淳朴淡泊，沈从文的轻灵美妙，杨朔的镂金错彩，丰子恺的厚重平实，如此等等，不一而足。至于其余诸家，各有千秋，我不敢赞一辞矣。

综观古今中外各名家的散文或随笔，既不见“散”也不见“随”，它们多半是结构谨严之作，绝不是愿意怎样写就怎样写的轻率产品。蒙田的随笔，确给人以率意而行的印象。我个人认为，在思想内容方面，蒙田是极其深刻的；但在艺术性方面，他却是不足法的。与其说蒙田是一个散文家，不如说他是一个哲学家或思想家。

根据我个人多年的玩味和体会，我发现，中国古代优秀的散文家，没有哪一个是“散”的，是“随”的。正相反，他们大都是在“意匠惨淡经营中”，简练揣摩，煞费苦心，在文章的结构和语言的选用上，狠下功夫。文章写成后，读起来虽然如行云流水，自然天成，实际上其背后蕴藏着作者的一片匠心。空口无凭，有文为证。欧阳修的《醉翁亭记》是流传千古的名篇，脍炙人口，无人不晓。通篇用“也”字句，其苦心经营之迹，昭然可见。像这样的名篇还可以举出一些来，我现在不再列举，请读者自己去举一反三吧。

在文章的结构方面，最重要的是开头和结尾。在这一点上，诗文皆然，细心的读者不难自己体会。而且我相信，他们都已经有足够的体会了。文章开头之重要，焉能小视哉！综观古人文章的开头，还能找出很多不同的类型。有的提纲挈领，如韩愈《原道》之“博爱之谓仁，行而宜之之谓义，由是而之焉之谓道，足乎，己无待于外之谓德”。有的平缓，如柳宗元的《小石城山记》之“自西山道口径北，逾黄茅岭而下，有二道”。有的陡峭，如杜牧《阿房宫赋》之“六王毕，四海一，蜀山兀，阿房出”。类型还多得很，不可能，也没有必要一一列举。读者如能仔细观察，仔细玩味，必有所得，这是完全可以肯定的。

谈到结尾，姑且以诗为例，因为在诗歌中，结尾的重要性更明晰可辨。杜甫的《望岳》最后两句是："会当凌绝顶，一览众山小。"钱起的《赋得湘灵鼓瑟》的最终两句是："曲终人不见，江上数峰青。"杜甫的《赠卫八处士》的最后两句是："明日隔山岳，世事两茫茫。"杜甫的《缚鸡行》的最后两句是："鸡虫得失无了时，注目寒江倚山阁。"这样的例子更是举不完的。诗文相通，散文的例子，读者可以自己去体会。之所以出现这种情况，原因并不难理解。在中国古代，抒情的文或诗，都贵在含蓄，贵在言有尽而意无穷，如食橄榄，贵在留有余味，在文章结尾处，把读者的心带向悠远，带向缥缈，带向一个无法言传的意境。我不敢说每一篇文章、每一首诗都是这样，但是，文章之作，其道多端，运用之妙，存乎一心。我上面讲的情况，是广大作者所刻意追求的，我对这一点是深信不疑的。

"你不是在宣扬八股吗？"我仿佛听到有人这样责难了。我敬谨答曰："是的，亲爱的先生！我正是在讲八股，而且是有意这样做的。"同世上的万事万物一样，八股也要一分为二的。从内容上来看，它是"代圣人立言"，陈腐枯燥，在所难免。这是毫不足法的。但是，从布局结构来看，却颇有可取之处。它讲究逻辑，要求均衡，避免重复，禁绝拖拉。这是它的优点。有人讲，清代桐城派的文章，曾经风靡一时，在结构布局方面，曾受到八股文的影响。这个意见极有见地。如果今天中国文坛上的某些散文作家——其实并不限于散文作家——学一点八股文，会对他们有好处的。

我啰啰唆唆地写了这么多，用意其实是颇为简单的。我只不过是根据自己六十来年的经验与体会，告诫大家：写散文虽然不能说是“难于上青天”，但也绝非轻而易行，应当经过一番磨炼，下过一番苦功，才能有所成，绝不可掉以轻心，率尔操觚。

综观中国古代和现代的优秀散文，以及外国的优秀散文，篇篇风格不同。散文读者的爱好也会不同，我绝不敢要求人人都一样，那是根本不可能的。仅就我个人而论，我理想的散文是淳朴而不乏味，流利而不油滑，庄重而不板滞，典雅而不雕琢的。我还认为，散文最忌平板。现在有些作家的文章，写得规规矩矩，没有任何语法错误，选入中小学语文课本中是毫无问题的。但是读起来总觉得平淡无味，是好的教材资料，却绝非好的文学作品。我个人觉得，文学最忌单调平板，必须有波涛起伏，曲折幽隐，才能有味。有时可以采用点文言辞藻、外国句法，也可以适当地加入一些俚语、俗话，增添那么一点苦涩之味，以避免平淡无味。我甚至想用谱乐谱的手法来写散文，围绕着一个主旋律，添上一些次要的旋律，主旋律可以多次出现，形式稍加改变，目的只想在复杂中见统一，在跌宕中见均衡，从而调动起读者的趣味，得到更深更高的美感享受。这样有节奏有韵律的文字，再充之以真情实感，必能感人至深，这是我坚定的信念。

我知道，我这种意见绝不是每个作家都同意的。风格如人，各人有各人的风格，绝不能强求统一。因此，我才说这是我的偏见。说“偏见”，是代他人立言。代他人立言，比代圣人立言还要困难。我自己则认为这是正见，否则我绝不会这样刺刺不休地来论证。我相信，大千世界，文章林林总总，争鸣何止百家！如蒙海涵，容我这个偏见也占一席之地，我必将感激涕零之至矣。

1998年5月25日

写文章

当前中国散文界有一种论调，说散文妙就妙在一个“散”字上。散者，松松散散之谓也。意思是提笔就写，不需要构思，不需要推敲，不需要锤炼字句，不需要斟酌结构，愿意怎样写就怎样写，愿意写到哪里就写到哪里。理论如此，实践也是如此。这样的“散”文充斥于一些报刊中，滔滔者天下皆是矣。

我爬了一辈子格子，虽无功劳，也有苦劳，成绩不大，教训不少。窃以为写文章并非如此容易。现在文人们都慨叹文章不值钱。如果文章都像这样的话，我看不值钱倒是天公地道。宋朝的吕蒙正让灶君到玉皇驾前去告御状：“玉皇若问人间事，为道文章不值钱。”如果指的是这样的文章，这可以说是刁民诬告。

从中国过去的笔记和诗话一类的书中可以看到，中国过去的文人，特别是诗人和词人，十分重视修辞。这样的例子不胜枚举。杜甫的“语不惊人死不休”，是人所共知的。王安石的

“春风又绿江南岸”中的“绿”字，是诗人经过几度考虑才选出来的。王国维把这种炼字的工作同他的文艺理想“境界”挂上了钩。他说：“词以境界为最上。”什么叫“境界”呢？同炼字有关是可以肯定的。他说：“‘红杏枝头春意闹’，著一‘闹’字而境界全出。”“闹”字难道不是炼出来的吗？

这情况又与汉语难分词类的特点有关。别的国家情况不完全是这样。

上面讲的是诗词，散文怎样呢？我认为，虽然程度不同，这种情况也是存在的。关于欧阳修推敲文章词句的故事，过去笔记中多有记载。我现在从《霏雪录》中抄一段：

> 前辈文章大家，为文不惜改窜。今之学力浅浅者反以不改为高。欧公每为文，既成必自窜易，至有不留初本一字者。其为文章，则书而粘之屋壁，出入观省。至尺牍单简亦必立稿，其精审如此。每一篇出，士大夫皆传写讽诵。惟睹其浑然天成，莫究斧凿之痕也。

这对我们今天写文章，无疑是一面镜子。

1993 年 12 月 26 日

文章的题目

文章是广义的提法，细分起来，至少应该包括这样几项：论文、专著、专题报告，等等。这些都必须有一个题目，有了题目，才能下笔做文章，否则文章是无从写起的。

题目是从哪里来的呢？这不出两端，一个是别人出，一个是自己选。

过去一千多年的考试，我们现在从小学到大学的作文，都是老师或其他什么人出题目，应试者或者学生来写文章。封建社会的考试是代圣人立言，万万不能离题的，否则不但中不了秀才、举人或进士，严重的还有杀头的危险。至于学术研究，有的题目由国家相关部门出题目，你根据题目写成研究报告。也有的部门制订科研规划，规划上列出一些题目，供选者参考。一般说来，选择的自由不大。二十世纪五十年代，我也曾参加过制订社会科学规划的工作，开了不知多少会，用了不知多少纸张，费了不知多少人力，规划终于制订出来了。但是，后来就没有多少人过问了，仿佛是“为规划而规划”。

以上都属于“别人出”的范畴。

至于“自己选”，表面上看起来是比较自由的。实际上也不尽然，有时候也要“代圣人立言”。就是你自己选定的题目，话却不一定都是自己的，自己的话也不一定能尽情吐露。于是产生了一种特殊的“八股”，只准说一定的话，话只准说到一定的程度。中外历史都证明，只有在真正“百家争鸣”的时代，学术才真能发展。

特别是有一种倾向危害最大。年纪大一点的学术研究者都不会忘记，过去有很长一段时间，有某些人大刀阔斧地批判“从杂志缝里找文章”的做法。这些人大概从来不看学术杂志，从来也写不出有新见解的文章，只能奉命唯谨，代圣人立言。

稍懂学术研究的人都会知道，学术上的新见解总是最先发表在杂志上的论文，进入学术专著，多半是比较晚的事情了。每位学者都必须尽量多地、尽量及时地阅读中外相关的杂志。在阅读中，认为观点正确，则心领神会。认为不正确，则自己必有自己的想法。阅读既多，则融会贯通，逐渐形成了自己的新见解，发而为文，对自己这一门学问会有所推动。这就是从杂志缝里找文章。我现在发现，有颇为不少的“学者”从来不或很少阅读中外学术杂志。他们不知道自己这一门学问发展的新动向，也得不到创新的灵感，抱残守缺，鼠目寸光，抱着几十年的老皇历不放，在这样的情况下，焉能写出好文章！我们应当经常不断地阅读中外杂志，结合随时出现的新问题和新情况，一心一意地从杂志缝里找文章。

1997 年 3 月 31 日

作文

一

当年，我还是学生时，从小学到大学，都有“国文”一门课，现在似乎是改称“语文”了。国文课中必然包括作文一项，由老师命题，学生写作。然后老师圈点批改，再发还学生，学生细心揣摩老师批改之处，总结经验，以图进步。大学或其他什么学一毕业，如果你当了作家，再写作，就不再叫作文，而改称写文章，高雅得多了。

作文或写文章有什么诀窍吗？据说是有的。旧社会许多出版社出版了一些“作文秘诀”之类的书，就是瞄准了学生的钱包，立章立节，东拼西凑，洋洋洒洒，神乎其神，实际上是一派胡言乱语，谁要想从里面找捷径，寻秘诀，谁就是天真到糊涂的程度，花了钱，上了当，“赔了夫人又折兵”。

据我浏览所及，古今中外就没有哪一位大作家是靠什么秘诀成名成家的。记得鲁迅或其他作家曾说过，“作文秘诀”一类的书是绝对靠不住的。想要写好文章，只能从多读多念中来。清代的《古文观止》或《古文辞类篹》一类的书，大概就是为了这个目的而编选的。结果是流传数百年，成为家喻户晓的书，我们至今尚蒙其利。

我从小就背诵《古文观止》中的一些文章，至今背诵上口者尚有几十篇。从小学一直到高中前半，写作文用的都是文言。在小学时，写作文不知道怎样开头，往往先来上一句“人生于世”，然后再苦思苦想，写下面的文章。写的时候，有意或无意，模仿的就是《古文观止》中的某一篇文章。

在读与写的过程中，我逐渐悟出了一些道理。现在有人主张，写散文可以随意之所之，愿写则写，不愿写则停，率性而行，有如天马行空，实在是潇洒之至。这样的文章，确实有的。但是，读后怎样呢？不但不如天马行空，而且像驽马负重，令人读了吃力，毫无情趣可言。

古代大家写文章，都不掉以轻心，而是简练揣摩，惨淡经营，句斟字酌，瞻前顾后，然后成篇，成为一件完美的艺术品。这一点道理，只要你不粗心大意，稍稍留心，就能够悟得。欧阳修的《醉翁亭记》，通篇用“也”字句，不是一个最明显的例子吗？

元刘埙的《隐居通议》卷十八讲道："古人作文，俱有间架，有枢纽，有脉络，有眼目。"这实在是见道之言。这些间架、枢纽、脉络、眼目是从哪里来的呢？回答只有一个，从惨淡经营中来。

二

对古人写文章，我还悟得了一点道理：古代散文大家的文章中都有节奏，有韵律。节奏和韵律，本来都是诗歌的特点，但是，在优秀的散文中也都可以找到，似乎是不可缺少的。节奏主要表现在间架上。好比谱乐谱，有一个主旋律，其他旋律则围绕着这个主旋律而展开，最后的结果是：浑然一体，天衣无缝。读好散文，真如听好音乐，它的节奏和韵律长久萦绕停留在你的脑海中。

最后，我还悟得一个道理：古人写散文最重韵味。提到"味"，或曰"口味"，或曰"味道"，是舌头尝出来的。中国古代钟嵘《诗品》中有"滋味"一词，与"韵味"有点近似，而不完全一样。我们现在常有人说："这篇文章很有味道。"也出于同一个原因。这"味道"或者"韵味"是从哪里来的呢？细读中国古代优秀散文，甚至读英国的优秀散文，通篇灵气洋溢，清新俊逸，绝不干瘪，这就叫作"韵味"。一篇中又往往有警句出现，这就是刘埙所谓的“眼目”。比如骆宾王《为徐敬业讨武曌檄》中的“一抔之土未干，六尺之孤何托！”两句话，连武则天本人读到后都大受震动，认为骆宾王是一个人才。王勃《滕王阁序》中有两句：“落霞与孤鹜齐飞，秋水共长天一色。”也使主人大为激赏，这就好像是诗词中的炼字炼句。王国维说：“有此一字而境界全出。”我现在把王国维关于词的“境界说”移用到散文上来，想必大家不会认为唐突吧。

纵观中国几千年写文章的历史，在先秦时代，散文和赋都已产生。到了汉代，两者仍然同时存在而且同时发展。散文大家有司马迁等，赋的大家有司马相如等。到了六朝时代，文章又有了新发展，产生骈四俪六的骈体文，讲求音韵，着重词彩，一篇文章，珠光宝气，璀璨辉煌。这种文体发展到了极端，就走向形式主义。韩愈“文起八代之衰”，指的就是他用明白易懂的散文，纠正了骈体文的形式主义。从那以后，韩愈等所谓“唐宋八大家”的文章，就俨然成为文章正宗。但是，我们不要忘记，韩愈等八大家，以及其他一些家，也写赋，也写类似骈文的文章。韩愈的《进学解》，欧阳修的《秋声赋》，苏轼的前后《赤壁赋》等，都是例证。

这些历史陈迹，回顾一下，也是有好处的。但是，我要解决的是现实问题。

三

我要解决什么样的现实问题呢？就是我认为现在写文章应当怎样写的问题。

就我管见所及，我认为，现在中国散文坛上，名家颇多，风格各异。但是，统而观之，大体上只有两派：一派平易近人，不求雕饰；一派则是务求雕饰，有时流于做作。我自己是倾向于第一派的。我追求的目标是：真情流露，淳朴自然。

我不妨引用几个古人所说的话。元盛如梓《庶斋老学丛谈》中说："晦庵（朱子）先生谓欧苏文好处只是平易说道理。……又曰：作文字须是靠实说，不可架空细巧。大率七八分实，二三分文。欧文好者，只是靠实而有条理。"

上引元刘埙的《隐居通议》卷十八说："经文所以不可及者，以其妙出自然，不由作为也。左氏已有作为处，太史公文字多自然。班氏多作为。韩有自然处，而作为之处亦多。柳则纯乎作为。欧、曾俱出自然。东坡亦出自然。老苏则皆作为也。荆公有自然处，颇似曾文。唯诗也亦然。故虽有作者，但不免作为。渊明所以独步千古者，以其浑然天成，无斧凿痕也。韦、柳法陶，纯是作为。故评者曰：陶彭泽如庆云在霄，舒卷自如。"这一段评文论诗的话，以"自然"和"作为"为标准，很值得玩味。所谓"作为"就是"做作"。

我在上面提到今天中国散文坛上的作家大体上可以分为两派，与刘埙的两个标准完全相当。今天中国的散文，只要你仔细品味一下，就不难发现，有的作家写文章非常辛苦，“作为”之态，皎然在目。选词炼句，煞费苦心。有一些词还难免有似通不通之处。读这样的文章，由于“感情移入”之故吧，读者也陪着作者如负重载，费劲吃力。读书之乐，何从而得？

在另一方面，有一些文章则一片真情，纯任自然，读之如行云流水，毫无扞格不畅之感。措辞遣句，作者毫无生铸硬造之态，毫无“作为”之处，也是由于“感情移入”之故吧，读者也同作者一样，或者说是受了作者的感染，只觉得心旷神怡，身轻如燕。读这样的文章，人们哪能不获得最丰富活泼的美的享受呢？

我在上面曾谈到，有人主张，写散文愿意怎样写就怎样写，愿写则写，愿停则停，毫不费心，潇洒之至。这种纯任“自然”的文章是不是就是这样产生的呢？不，不，绝不是这样。我在前面已经谈到惨淡经营的问题。我现在再引一句古人的话，《湛渊静语》上引柳子厚答韦中立云：“故吾每为文章，未尝敢以轻心掉之。”上面引刘埙的话说“柳则纯乎作为”，也许与此有关。但古人为文绝不掉以轻心，惨淡经营多年之后，则又返璞归真，呈现出“自然”来。其中道理，我们学为文者必须参悟。

1997年10月30日

大胆的假设，小心的求证

我舞笔弄墨，五六十年于兹矣。我从来没有想到搞什么自选集，更谈不到什么“精华”。而今已近耄耋之年，垂垂老矣。北京师范学院出版社提出来，要我自选“精华”，编入丛书中。我最初觉得非常新鲜，但窃以为恐怕不会搞出什么名堂来，想拒绝，托词是，自己写的东西里面有不少的古怪文字，排印困难，想以此吓退出版社。我万万没有想到，出版社的胡乃羽同志竟认真对待，说回去研究一下。我想，这下子一定是“黄鹤一去不复返”了，颇以自己托词巧妙而沾沾自喜。

然而事实却出乎我的意料。过了一些时候，胡乃羽同志打电话告诉我，出版社经过研究，仍然决定出。这无疑击了我一猛掌。出版社这样认真对待，而我自己则轻率托词，这形成了鲜明的对比，我必须端正态度，也认真对待了。

我于是根据令恪同志和李铮同志编纂的我的《著作系年》，

认真考察了自己一生所写的东西。古人说:“文章是自己的好。”不能说，我认为自己写的东西全都是垃圾，有一些文章自己也是颇为满意的。但是，总体来看，自己写的东西中真正有很高水平的并不多。虽间有新的发现或见解，也并不见得都十分深刻。看了中外大师们写的文章，读到那些石破天惊的新见解，如饮醍醐，百读不厌，对这些大师们只有高山仰止了。谈到“精华”的问题，我曾对胡乃羽同志说过:“自己挑选而称之为‘精华’，不是有点狂妄了吗？”她说:“这也无大妨碍，你只把自己认为比较满意的文章挑选出来就行了。”

我就遵照这个意见，考虑了一下哪些文章自己比较满意。这并不困难。满意或者不满意，是一个简单的事实，决定起来，比较容易。我从过去几十年写成的大约二百万字的学术论文中，选出了若干篇，算是完成了任务。选的文章绝不是照原样重印一次，而是由于胡乃羽和李铮二位同志的努力，校出了一些错误或者不确切的地方，在新版中都一一加以改正。因此，收入本集的文章可靠性增加了。这是一个很大的收获。

但是，选完以后，再加以仔细思考，却发现了一些自己从没有意识到的现象。我挑选的时候，丝毫也没有先入之见，一定要选哪一类的文章。我只是根据自己的喜好近乎本能地挑选自己比较满意的文章，就说是“精华”吧。但是，挑选的结果，入选的全是属于考证一类的文章。这明确无误地告诉我，自己的兴趣或者自己的能力究竟在什么地方。

清代桐城派主将姚鼐在《复秦小岘书》说：“天下学问之事，有义理、文章、考证三者之分，异趋而同为不可废。”我觉得，这种三分法是符合实际情况的，它被后来的学者所接受，是十分自然的，它也为我所服膺。

在三者之中，我最不善义理，也最不喜欢义理。我总觉得，义理（理论）这玩意儿比较玄乎。公说公有理，婆说婆有理。一个唯心主义与唯物主义的矛盾，矛盾了几千年，到现在还没有哪一个理论家真正说透。以我的愚见，绝对纯之又纯的唯心主义和唯物主义，都是没有的。说一部哲学史就是唯心主义和唯物主义的斗争史，显然也与历史事实不完全符合。特别是最近几十年以来，有一些理论家，或者满篇教条，或者以行政命令代替说理，或者视理论如儿戏，今天这样说，明天那样说，最终让读者如丈二和尚，摸不着头脑。反正社会科学的理论不像自然科学的实验那样，乱说不能立即受到惩罚。搞自然科学，你如果瞎鼓捣，眼前就会自食其果，受到惩罚。社会科学理论说错了，第二天一改，脸也用不着红一红。因此，我对于理论有点敬鬼神而远之。这类文章，我写不出，别人写的我也不大敢看。我对理论的偏见越来越深。我安于自己于此道不擅长，也不求上进。

这并不等于说，我抹杀所有的理论。也有理论让我五体投地地佩服，这就是马克思主义的根本理论。经过了几十年的学习与考验，我觉得，马克思主义的根本理论完全反映了客观现实，包括了历史、人类社会与自然界。即使马克思主义仍然要不断发展，但是迄今它发展达到的水平让我心服口服。

这种轻视理论的做法是不是一种根深蒂固的偏见呢？可能是的。一个人难免有这样或那样的偏见。即使是偏见吧，我目前还不打算去改变。我也绝不同别人辩论这个问题，因为一辩论，又是公说公有理，婆说婆有理，最终弄得大家一起堕入五里雾中。我只希望理论家们再认真一点，再细致一点，再深入一点，再严密一点。等到你们的理论能达到或者接近马克思主义基本理论的水平时，无须辩论，无须说明，我自然会心悦诚服地拜倒在你们脚下。

谈到文章，我觉得，里面包含着两个问题：一个是专门搞文章之学的，一个是搞义理或考证之学而注意文章的。专门搞文章之学的是诗人、词人、散文家等，小说家过去不包括在里面。这些人的任务就是把文章写好，文章写不好，就不能成为诗人、词人、散文家、小说家。道理一清二楚，用不着多说。搞义理或考证之学的人，主要任务是探索真理，不管是大事情上的真理，还是小事情上的真理，都要探索。至于是否能把文章写好，不是主要问题。但是，古人说："言之无文，行之不远。"孔子要求弟子们在讲话方面要有点文采，是很有道理的。

过去的和现在的义理学或考证学的专家们，有的文章写得好，有的就写得不怎么好。写得好的，人家愿意看，你探索的真理容易被别人接受。写得不好的，就会影响别人的接受，这个道理也是一清二楚的。所以，我认为，对不专门从事文章之学的学者来说，认真把文章写好也有很重要的意义。

谈到考证，亦称考据，如上文所述，是我最喜欢的东西，也是清代朴学大师最擅长的东西，同时又是新中国成立后受到一些人责难的东西。最近我写了一篇短文《为考据辩诬》，这里不再重复。我在这里只谈我的想法和做法。

首先，我觉得考证之学并没有什么神秘的地方，没有一些人加给它的那种作用，也没有令人惊奇的地方，不要夸大它的功绩，也不要随便加给它任何罪状，它只是做学问的必要的步骤，必由之路。特别是社会科学，你使用一种资料或一本书，你首先必须弄清楚，这种资料或这本书是否可靠，这就用得着考证。你要利用一个字、几个字或一句话、几句话证明一件事情，你就要研究这一个字、几个字或一句话、几句话，研究它们原来是什么样子，后来又变成了什么样子，有没有后人更改的东西。如果这些情况都弄不清楚，而望文生义或数典忘祖，贸然引用，企图证明什么，不管你发了多么伟大的议论，引证多么详博，你的根据是建筑在沙漠上的，一吹就破。这里就用得着考证。必须通过细致的考证才能弄清楚的东西，你不能怕费工夫。现在间或有人攻击烦琐的考证，我颇有异议。如果非烦琐不可的话，为什么要怕烦琐？用不着的烦琐，为了卖弄而出现的烦琐，当然为我们所不取。

其次，在进行论证时，我服膺胡适说的那句话："大胆的假设，小心的求证。"这句话已经被批判了很长的时间了，也许有人认为，已经被批倒批臭，永世不得翻身了。现在人们都谈虎色变，不敢再提。可是我对此又有异议。过去批判这句话，批判一些人，是在极"左"思想支配下——用形而上学的方法冒充辩证法，鱼目混珠，实际上是伪辩证法——来进行的。头脑一时发热，在所难免，我自己也并非例外。但是，清醒之后，还是觉得改一改为好。我现在就清醒地来重新评估这句话。

我个人认为，古今中外，不管是自然科学家，还是社会科学家，哪一个人在工作时也离不开这句话。不这样，才是天大的怪事。在开始进行一个课题的研究时，你对于这个课题总会有些想法吧，这些想法就是假设。哪里能一点想法都没有而进行一个课题的研究呢？为什么要"大胆"？意思就是说，不要受旧有的看法或者结论的束缚，要敢于突破，敢于标新立异，敢于发挥自己的幻想力甚至胡想力，提出以前从没有人提过或者没人敢提出的假设。不然，如果一开始就谨小慎微，一大堆清规戒律，满脑袋紧箍，一点幻想力都没有，这绝对不会产生什么好结果的。哥白尼经过细致观测，觉得有许多现象是太阳绕地球旋转说解释不了的，于是假设了日心说。这真是石破天惊的假设，大胆的假设。没有这个胆量，太阳恐怕还要绕地球运转若干年。没有大胆的假设，世界学术史陈陈相因，能有什么进步呢？

那么，大胆的假设，其罪状究竟何在呢？

有了假设，不等于就有了结论。假设只能指导你去探讨，去钻研。所有的假设，提出来以后，都要根据资料提供的情况，根据科学实验提供的情况来加以检验。有的假设要逐步修正，使之更加完善。客观材料证实了多少，你就要在假设中肯定多少。哪些地方同客观材料相违，或者不太符合，你就要在假设中加以修正。这样可能反复十次，百次，几百次，假设也要修正十次，百次，几百次，最后把假设变成结论。有的假设经不住客观材料的考验，甚至必须完全抛弃，重新立假设，重新受客观材料的考验。凡是搞点科学研究的人，都能了解其中的味道，或甘或苦，没有定准儿。这就叫作小心的求证。

那么，小心的求证，其罪状究竟何在呢？

也有人灵机一动，提出了一个假设，自己认为是神来之笔，是灵感的火花，极端欣赏，极端自我陶醉。但是后来，客观材料，包括实验结果证明这个假设不能成立。在这个关键时刻，真正有良心的科学工作者应该当机立断，毅然放弃自己的假设，另觅途径，另立新说。这是正途。可是也有个别的人，觉得自己的假设真是美妙绝伦，丢掉了万分可惜。于是不惜歪曲材料，顺我者昌，逆我者亡，只选取对自己的假设有利的材料，汇集在一起，形成了一个迁就自己的假设的结论。这是地道的学术骗子。这样的学者难道是绝无仅有的吗？

这就是我理解的大胆的假设，小心的求证。

这是无可非议的。

但是确实有一些学者是先有了结论，然后再搜集材料，来证实结论。“以论带史”派的学者，我认为就有这种倾向。比如要研究中国历史上农民战争问题，他们从什么人的著作里找到了农民战争解放生产力的结论。在搜集材料时，凡有利于这个结论的，统统收进来；凡与这个结论相违背的，则统统视而不见。有时甚至不惜加以歪曲，爬罗剔抉，刮垢磨光，最后磨出一个农民战争解放生产力的结论，而让步政策则是“修正主义”。研究清官与赃官问题时，竟然会说赃官要比清官好得多，因为清官能维护封建统治，而赃官则能促成革命，从而缩短封建统治的寿命。如此等等，不一而足。这样的研究方法根本用不着假设，不大胆的假设也用不着。至于小心的求证，则是戴着有色眼镜去衡量一切，谈不到小心不小心。

对这样的科学工作者来说，大胆的假设，小心的求证是必须彻底批判的。

对这样的科学工作者来说，他们的结论是先验的真理，不许怀疑，只准阐释。他们是代圣人立言，为经典作注。

用这样的方法，抱这样的态度，来研究学问，学问会堕落到什么程度，不是一清二楚了吗?

我服膺被批判了多年的“大胆的假设，小心的求证”，理由就是这些。另外可能还有别的解释，则非愚钝如不佞者所能知矣。

统观自己选出来的这些文章，不管它们是多么肤浅，我总想在里面提出哪怕是小小的一点新看法。要提出新看法，就必须先有新假设。不管假设多么新，在证实之前，都不能算数。我经常被迫修改自己的假设，个别时候甚至被迫完全放弃。有的假设，自己最初认为是神来之笔，美妙绝伦，一旦证实它站不住脚，必须丢弃。这时往往引起内心的激烈波动，最终也只能忍痛丢弃。我的做法大体上就是如此。鹦鹉学舌，非我所能；陈陈相因，非我所愿。我也不敢说，我的这些所谓新看法都是真理。一部人类的学术史证明了，学术一定要随时代的前进而前进，将来发现新材料，或者找到了观察问题的新角度，自己的看法或者结论也势必要加以修改，这是必然的。

现在归纳起来可以说，我过去五六十年的学术活动，走的基本上是一条考证的道路。可是原来自己并没有意识到。到了今天，通过这个自选活动，我才真正全面而明确地认识到这一点。考证要达到什么目的呢？无非是寻求真理而已。伟大的科学家爱因斯坦说:“凡在小事上对真理持轻率态度的人，在大事上也是不足信的。”这句话可以有多种解释。什么叫真理？大家的理解也未必一致。有的人心目中的真理有伦理意义。我不认为是这样。我觉得，事情是什么样子，你就说它是什么样子。这是唯物主义，同时也是真理。我体会爱因斯坦在这里所说的真理就是这样的真理。他这句话颇耐人寻味。同样是真理，事情却有大小。哥白尼提倡日心说，这是大事情上的真理。语言文字学家、训诂学家弄清楚一个字或一句话的古音古义，这是小事情上的真理。事情有大有小，而其为真理则一也。有人夸大考证的作用，说什么发现一个字的古音，等于发现了一颗新星。这有点过分夸张。这样的发现与哥白尼的日心说是不能比的。不管怎样，整个人类的历史，就是追求真理、探索真理的历史，这一点恐怕是无法否认的。从事各种工作的人，都在自己的领域内追求真理、探索真理。

我自己也在我所从事的领域内追求真理、探索真理，一直探索了五六十年。我经常说，我少无大志。不但在中小学里没有立志成为学者，就是到了大学以后，除了写点散文之外，真正的学术论文也没有写几篇，写成了的那几篇水平都不高。我是阴差阳错才走上现在这样一条道路的。但是一旦走了上来，我就能坚持不放。过去在极“左”思想黑云压城的时期，一个人如果想写点什么，想努力钻研点什么，现成的帽子就悬在你的头上：名利思想，修正主义。我搞了几十年的行政工作，在过去四十年中，至少有四分之一的时间泡在无穷无尽的会议中，消磨在花样繁多的社会活动中。但是，我仍然坚持看书、写作，我是利用时间的边角废料来从事这项工作的。就时间来说，我每天不比任何人多一分一秒，在时间面前，人人平等。我一向被认为是智育第一、业务至上的。连带我工作的北京大学东方语言文学系也成了业务挂帅的典型。我却乐此不疲，坚持不改。每一次政治运动，我首先检查业务至上的“修正主义”，大家都认为是抓到了点子上，顺利地过了关。但是，我是一个“死不改悔”的顽固派，检查完了，运动一过，我照样搞我的“修正主义”：智育第一、业务至上。我担心不担心下一次运动呢？担心的。但是，我对自己那一套检讨的本领很有信心，抓自己的问题，一抓就灵，因此也不过分担心。现在回想起来，我真有点后怕，有点不寒而栗。如果我不是一个顽固派，一度检查，真心悔改，同“修正主义”一刀两断，同智育第一、业务至上划清界限，今天我在科学研究方面还能留下什么东西，就很值得怀疑了。“死不改悔”的顽固派有时候也会有点好处，这就是我的结论。

那么，我搞这一套东西是不是为名为利呢？说一点都没有，那不是事实。但是我再三检查自己的动机，觉得并不完全是那个样子。研究一个问题，提出一个假设，经过反复的验证，得到了自己认为满意的结论，虽然不过是小事情上的真理，自己却往往大喜过望，以为人生之乐无过于此矣。我之所以拼命钻研，老而不已，置危险于不顾，视饥饿如儿戏，不是为名为利，而是为了探索真理。我想，很多科学工作者恐怕也有同我一样的动力。

我还想讲另外一个情况。我在上面曾提到令恪同志和李铮同志编的我的《著作系年》。我除了根据《著作系年》来挑选文章以外，还粗粗地检查了我在过去几十年中写作的情况。从一九三二年二十一岁时起，我几乎每年都写点东西。从一九三七年到一九四二年，表面上没有写什么东西，实际上是我一生中学习最努力的时期。从一九六七年到一九七七年，在长达十一年的时间内，竟然一篇东西都没有写，不能不令人吃惊。这个情况我过去朦朦胧胧地意识到过，但是很不具体。现在一看《著作系年》，赫然白纸黑字，我真是震惊不已。至于为什么成为这个样子，大家心里都明白，用不着多说。我一个人如此，全国又不知道有多少人也是如此。

在人生的征途上，我已经走了七十多年。如果照古人的说法“行百里者半九十”，那么我走了还不到一半。但这是比喻，不是事实。应该承认，自己前面的道路有限了。可我也并不想现在就给自己下结论，我认为还不到时候。我在这一生中选择了这样一条道路，走起来并不容易。高山、大川、深涧、栈道、阳关大道、独木小桥，我都走过了，一直走到今天，仍然活着并不容易。说不想休息，那是假话，但是自谓还不能休息。仿佛有一种力量，一种探索真理的力量，在身后鞭策我，宛如鲁迅散文诗《过客》中的那位过客一样，非走上前去不可，想休息恐怕是不可能的了。如果有人问："倘若让你再活一生，你还选择这样一条并不轻松的路吗？"我用不着迟疑，立刻就回答："还要选这一条路的。我还想探索真理，这探索真理的任务是永远也完不了的。"

在这里我要感谢北京师范学院出版社，在目前出版条件这样困难的情况下，还毅然决定出版这套丛书，又让我滥竽其中。我还感谢李铮同志，他用他那特有的细致认真的态度来帮我整理稿件。最后，我还必须提一提本书的责任编辑胡乃羽同志。她那种对待编辑工作的细致、严肃、认真负责的态度，绝非轻轻的一句"感谢"所能报答的。她对我是一次活生生的教育，我不由得由衷地对自己说："干工作就得像胡乃羽这个样子！"

1988年4月18日写完

翻译要有点功利目的

辜正坤同志等编纂《世界名诗鉴赏辞典》，穷数年之力，现在终于出版了。这在中外文学界是一件很有意义的事情。

现在国内似乎有一股外国文学辞典热，类似的书颇出了几部。但是，这一部却与众不同，至少有两点值得提出：第一，选的不是一般的诗，而是名诗，都是在国家内部和国际上久有定评的。第二，大部分利用已有的译文，多出自名译家之手。这两个条件确能保证本书的质量。因此，本书的意义就绝不限于外国文学界。对广大的大中学生、文艺爱好者，对一般的知识分子，此书都能使他们得到各自不同的满足。

我一向有一个偏见，我认为，搞翻译不能为翻译而翻译，而一定要有点功利目的，就是我们现在常说的社会效益。这里面包括两层意思：一是欣赏，二是借鉴。所谓欣赏，就是我们常说的美的享受，所有的艺术品都能提供这种享受。所谓借鉴，是对我们的新诗创作而言的。对以上两个方面，这部书，由于是名诗，再加上是名译，都能提供最优良最有利的条件。

近年来外国文学的译本在国内似乎并不走俏，但是诗歌却是例外。对于这个现象，最初我确实有点迷惑不解，继而思之，却豁然开朗。诗歌是直接诉诸人的心灵的。虽然“诗无达诂”，我认为，妙就妙在这个“无达诂”上。同样一首诗，对它的理解因人而异，灵活圆通，反增美感。如果像散文一样，有了“达诂”，一日了然，反而索然，我们不是都有这样的经验吗？

至于创作借鉴，则是古已有之的。中国六朝的诗歌译文，比如马鸣的《佛所行赞》既不叶韵，语言又朴素平庸，与当时流行的铺陈雕琢，如七宝楼台般的文体大异其趣，然而影响却是深远的。它影响唐代诗歌的创作，韩愈等以文为诗的渊源应追溯到这里。

总之，辜正坤等同志编纂的这部书，绝非趋时之作。它既能提供美的享受，又能提供创作新诗的借鉴。它为我们当前的外国文学界，甚至一般的文学界，注入了清新的活力。我相信，它一定会受到普遍的欢迎。基于这一点认识，我乐于写这样一篇短序。

1990 年 1 月 22 日

翻译的危机

这个题目看上去有点危言耸听，但是我自认是实事求是的，毫无哗众取宠之意。

中国是世界上第一翻译大国，历史长，数量大，无论哪一个国家都难望其项背。这是中外都熟悉的事实，用不着再论证，也用不着再重复。

从清末民初开始，中经五四运动，一直到新中国成立后，一直到今天，中国的翻译工作者做了大量的工作，翻译了大量的书，文、理、法、农、工、医，各科都有。这些翻译对促进中国文化教育事业的发展，对启迪中国人民大众，起了无法估量的作用。我简直无法设想，如果没有这些翻译，中国今天的教育文化和国家建设事业会是什么样子。

关于翻译问题，我自己曾涉猎过一些书籍，古今中外都有。对于翻译理论，我也特有兴趣。中国古代的翻译理论，内容异常丰富，涉及的面也很广。到了近现代，西方的理论蜂拥而至，五花八门，争奇斗艳。有一些理论分析得非常细致，显得十分深奥，然而细究其实，却如绣花枕头，无补于实用。在这方面，同在别的方面一样，我是一个保守主义者。我认为，为一些人所非议的严复的一句话——“译事三难：信、达、雅”，仍然是可以信守的。道理十分简洁明确，然而又切中肯綮，真可谓“要言不烦”了。这三个字，缺一不可，多一个也似乎没有必要。能做到这三个字，也可以说是尽翻译之能事了。

我个人觉得，三个字中，以第一个“信”字为基础，为根本。这个字做不到，就根本谈不到翻译。我探讨翻译问题，评论翻译作品，首先就是看它“信”不“信”，也就是，看它是否忠实于原文。如果这一点做不到，那就不叫翻译。什么“达”，什么“雅”，就如无根之木、无本之草，无所附丽。严复定下了这三条标准以后，自己是认真遵守的。翻译《天演论》时，因为是借题发挥，不是真正的翻译，所以他不叫“译”，而叫“达旨”。

我这篇短文的题目是《翻译的危机》，危机正出在不遵守“信”这个标准上。

我最近若干年来没有从事翻译工作。但是，由于主编一些刊物和丛书，有时候也难免接触一些译稿。去年，友人推荐了一部译稿，想收入我主编的一套丛书中。友人介绍说，译者英语水平是很高的，曾多次担任口译工作，胜任愉快，在笔译方面，也已出版过两部书。这样一个译者应该说是能信得过的，友人又是我的老朋友，一位在国内外声名远扬的学者，也应该说是能绝对信得过的。译稿就要寄给出版社付排了。不知为什么，我一时心血来潮，非要看一看译稿，于是我向译者要来了原文。我仔细对了几页，就发现了一些问题。我自己拿不准，又央求周一良教授把译文同原文对上几页。结果他的意见同我的完全一样：译文有问题，不能寄给出版社。我仍然相信，这位青年译者的英语是有水平的，他胜任口译也是可信的。但是，口译与笔译不同，口译要求达到百分之百的准确，是很难做到的。一个译者能译百分之七八十，就很不错了。过去我曾亲耳听过周恩来总理和郭沫若先生发表过这样的意见。但是，笔译由于有充分的思考时间，必须要求极高，即使不能达到百分之百，也必须接近这个水平。我认为，我这个意见是通情达理的，必能得到大家的赞同。

上面说到的这位青年译者已经出版的那两部书，情况怎样呢？我没有读原书，不敢瞎说。但是，根据合理的推测，它同我看的译稿差别不会太大。我们很难设想，送给我看的这部译稿碰巧了水平特别低，而已经出版的则水平特别高，这是不大可能的。

我的思想从这里生发开去，想得远一点，再远一点，想到了最近几十年来全国已经出版的千种万种的翻译书籍，我就不寒而栗了。我们不能否认，这些翻译的著作中，有水平很高的，能达到信、达、雅三个标准。但是，同样也不能否认，其中必有相当多的译本是有问题的。我没有法子去做细致的统计，我说不出这些坏译本究竟占多大的比例。我估计，坏译本的数量也许会超过好译本。

什么叫作“坏”译本，什么又叫作“好”译本呢？我觉得关键就在于“信”或不“信”。首先要“信”，要忠实于原文，然后才能谈“达”和“雅”。如果不“信”，“达”“雅”都毫无意义。译本大体上可以分为三类：第一类，“信”“达”“雅”都合乎标准，这是上等。第二类，能“信”而“达”“雅”不足，这是中等。第三类，不“信”，不“达”，不“雅”，这是下等。有的译文，“达”“雅”够，而“信”不足。这勉强可以归入第二类。当前颇有一些非常流行的译本，译文极流利畅达，极“中国化”。但是“信”不“信”呢？我没有核对原文，不敢乱说。我是持怀疑态度的。如果我的怀疑正确的话，我认为，这种译风无论如何是不应该提倡的。

我现在要探讨一个问题：为什么译而不信呢？我觉得有两个影响因素：一个是外语水平，另一个是工作态度。

先谈外语水平问题。学习外语，至少应该有两个认识：一不要认为外语很神秘，简直无法学好，因而望而却步；二不要认为学外语很容易，不费吹灰之力就能够掌握。我们必须认为外语能够学好，但又要付出艰苦的劳动。学外语同学习任何别的东西一样，必须有点天赋，又必须勤奋，二者缺一不可。学习任何外语，学一点皮毛，并不困难。但要基本上能够掌握，却又不那么简单。根据我自己的经验，学习外语，有如鲤鱼在黄河中逆水上溯。前一段也许并不太困难。但是，一旦到了龙门跟前，想要跳过龙门，却万分困难。有的人一辈子也跳不过这个龙门，只能糊里糊涂，终生是一条鲤鱼，变不成龙。拿学习外语来说，每一种外语都有一个龙门。这座龙门在什么地方呢？因人而异。天赋高而又勤奋者，龙门近一点，否则就远。只有能跳过外语这个龙门，你才勉强有一点语感。这门外语就算是被你掌握了，被你征服了，它能为你所用了。这时你就变成了一条龙。这一突变是用艰苦的劳动换来的。

上面谈的是外语水平，现在来谈工作态度。工作态度，不是天赋问题，而是认识问题。有的人缺乏自知之明——顺便说一句，这种人并不少——当自己还是一条鱼的时候，便傲然地认为自己已经成了龙。本来查一查字典就可以解决的问题，他连字典也懒得查了。其结果并不美妙。当年赵景深教授把milky way（天河，银河）译为“牛奶路”，受到了鲁迅先生的讥讽，成为译界的笑话。今天这样的例子真是比比皆是，数量和严重性都远远超过了“牛奶路”。有的人把Man of the God（牧师）译为“上帝的人”。有的人把 so far the introduction（导论到此为止）译为“导论是这样远了”。类似这样的例子，我还能够举出很多很多来。举一反三，这两个也就够了。这是由于缺乏自知之明或者由于懒惰而造成的笑话。

还有比这更糟糕的，原文有的地方看不懂，他自己心里非常清楚，可是却一不请教人，二不查字典，胡译一通，企图蒙混过关，或者干脆删掉，反正没有人来核对原文，马脚不会露出来的。这简直应该归入假冒伪劣一类，是我们应该反对的。

把上面所说的外语水平和工作态度两个标准综合起来评论，我觉得，翻译工作可以分为上、中、下三个等级。外语水平高、工作态度好，这当然是上等。外语水平高、工作态度差，或者外语水平差、工作态度好，这属于中等。外语水平差、工作态度又不好，这当然就是下等。我在这里所说的翻译危机，主要来自下等的翻译工作，中等也可能沾点边。在翻译工作中，这三个等级所占的百分比，我说不上来。从我观察到的现象来看，下等所占的百分比不会很低，这一点可以不必怀疑。

也许有人认为，翻译出点小错误，古今中外概所难免。在中国翻译佛经的历史上，就不知道出现了多少错误，有的错误简直离奇可笑，然而这并不碍于佛经的流通。这种意见不能说没有道理。但是，那是过去的事，在今天这样的新时代中，我们不能为这种意见张目。而且，今天的下等翻译似乎已经成为一种痼疾，成为一种风气。许多人习焉不察，当事者则沾沾自喜。这样的风气我们还能熟视无睹不起来反对吗？

反对之法其实也并不复杂，无非是加强翻译评论，加强监督而已。

这种办法我们曾经使用过。在20世纪50年代，在当时出版的《翻译通报》上，时不时会出现几篇评论翻译书刊的文章。这种文章往往很长，因为一要引用原文和译文，二要提出自己的意见，对译文加以仔细的分析和评论。这都是踏踏实实的、动真格儿的工作，不能徒托空言，因此非长不可。据我自己的回忆，这种评论工作起过很好的作用，受到读者的欢迎。但是，不知道为什么，后来没有继续下去。我真感到惋惜。

时至今日，翻译书刊之多，远迈前古。今天我们建设我们的国家，不借鉴他国，完全是不能想象的，而借鉴就需要翻译。我在上面已经说过，好的译作是有的，但也未免鱼龙混杂，泥沙俱下。报纸杂志上有时也会见到几篇评论翻译的文章，但是同已经出版的翻译书刊的数量比起来，却显得非常微弱无力。我们毫不夸大地说，今天的翻译已经失去了监督。有良心有本领的译者，也就是我在上面所说的上等的翻译，是用不着监督的。但是中等翻译，特别是下等翻译，则是非监督不行的。非监督不行却又缺少监督，于是就有了危机。

克服这个危机的出路何在呢？我原来想得非常单纯、非常天真：不过是加强监督而已。我曾同《中国翻译》杂志的一位负责人谈到这个问题，我劝他多刊登一些评论翻译的文章。我原以为，他会立即接受我的建议，并付诸实施。对他来说，这并不困难。然而，真是大出我意料，他竟似乎有难言之隐，对我诉了许多苦，其中最主要的是，许多被批评的译者喜欢纠缠。一旦受到批评，绝不反躬自省，而是胡搅蛮缠，颠倒黑白，明明是自己译错了，却愣不承认。写信、打电话、写文章，闹得乌烟瘴气。一旦碰到这样的主儿，编辑部就苦不堪言。

我恍然大悟，很同情这位负责人的意见。环顾我们今天的社会，在其他领域里也有类似的现象。个别的人不知道怎样使用自己的民主权利。不给民主权利，他们怨气冲天；给了民主权利，他们又忘乎所以。看来正确运用民主权利，也需要有一定的水平。有些人认为民主就是打官司。最近看到报上刊登了一个消息：在某部电影中，有一个群众场面，当时拍摄时，拍上了一个他或她。电影一旦上演，他或她看到了自己的形象，于是拍案而起，告到法院，说是侵犯了他或她的肖像权，索要五位数字的赔偿费。我不懂法律，但总觉得这样做是“民主”过了头。回到我们翻译界，难道不会出现类似的事件吗？我有点担心。

我原以为克服翻译危机并不困难。现在看来，并非如此。我现在是正如俗话所说的：变戏法的跪下，没辙了。

可是，我并不气馁。我呼吁翻译界的同行们和广大的读者，大家群策群力，共同想出克服翻译危机的办法。我相信，办法总会想出来的，正如路是人走出来的那样。

1994 年 1 月 9 日

封笔问题

旧日的学者，活到了一定的年龄，觉得自己精力不济了，写作有困难了，于是就宣布封笔。封笔者，把笔封起来，不再写作之谓也。

到了什么年龄，封笔最恰当？各个人、各个时代都不同。大抵时代越近，封笔越晚。这与人们寿命的长短有关。唐代的韩愈到了 50 岁，就哀叹而发苍苍，而视茫茫，而齿牙摇动。看样子已经到了该封笔的时候了。

我脑筋里还残留着许多旧东西，封笔就是其中之一。我现在虽然真正达到了耄耋之年，但是，我自己曾在脑袋中做过一次体检，结果是非常完满。小毛病有点儿，大毛病没有。岂止于米，相期以茶，对我来说，绝不是一句空话。在这样的情况下，封笔的想法竟然还在脑筋里蠢蠢欲动，岂不是笑话！

我不能封笔。

再环顾一下我们的生活环境。从全世界来看，中国的崛起已成定局，谁也阻挡不住。十几年前，我就根据我了解的那一点地缘政治的知识，大胆地做了一个预言：21世纪是中国的世纪。虽然遭到了不少人的反对，我却坚持如故，而且信心日增，而且证据日多。

总之，从全世界形势来看，21世纪对中国来说是一个伟大的时代。

我怎么能封笔！

再从我们身边的生活来看，也会看到前所未有的情况。我们的行政领导人是完全可以信赖的。我们真可以说是政通人和、海晏河清。我不能封笔。

像我这样的老知识分子，差不多就是文不如司书生，武不如救火兵，手中可以耍的只有一支笔杆子。我舞笔弄墨已有七十来年的历史了，虽然不能说一点东西也没有舞弄出来，但毕竟不能算多。我现在自认为还有力量舞弄下去。我怎能放弃这个机会呢？

我不能封笔。

这就是我的结论。

1997年

《季羡林选集》跋

我确实从来也没有想到，竟能在香港出版一本选集。我生长在祖国偏北的省份，小学、中学、大学都是在北方上的。但是，我同位于祖国南端的香港却似乎很有缘。远在20世纪40年代中期，当我从欧洲回国的时候，我就曾在香港住过一段时间。隔了四年，在新中国成立初期，我随着一个文化代表团出国访问，来去都曾在香港住过。又过了四年，我又经过香港出国。前年春天，我从国外访问回来，又在香港住了几天。第一次是住在山下，对香港社会了解得比较深入。但这仅仅是香港的一个方面。以后三次，都是住在摩星岭上，这是香港的又一个方面。两方面加起来，就构成了一个全面的香港。因此，可以说，我对香港已经有所认识了。

我认识的是一个什么样的香港呢？

在山下面，地小、人多、街道极窄。路上的行人，熙熙攘攘，摩肩接踵。招牌和霓虹灯五光十色，琳琅满目。橱窗里陈列的货品堆积如山。似乎到处都有饭馆，广东烤肉、香肠挂满窗口，强烈地刺激着人们的食欲。留长头发穿喇叭裤的男女青年，挺胸昂首，匆匆忙忙地来往走路。在从前的时候，还不时从头顶上隐约飘来阵阵打麻将的声音。

在山上面，则另是一番景象。别墅林立，街道光洁，空气新鲜，环境阒静。山前是一湾明镜般的海面。海上气象万千，随时变幻。有时海天混茫，有时微波不起。碧琉璃似的海水有时转成珍珠似的白色。特别是在早晨，旭日东升，晓暾淡红，海面上帆影交错，微波粼粼。极目处黛螺似的点点青山，我几疑置身世外桃源。

山上山下，气象完全不同。但是各有其特点，各极其妙。我认识的就是这样一个香港。

这样一个香港，我心里是非常喜欢的。因此，让我自己写的东西能够同香港联系在一起，能够在香港出版，我也是非常高兴的。

但是，我心里又有点不踏实，我写的这些东西对于香港的读者，对海外的华侨读者究竟有什么用处呢？有的中国旧式文人有一种非常恶劣的习气：文章是自己的好。这种习气，我幸而沾染得不算太浓，我还有一点自知之明。我总怀疑，我这些所谓散文，不会有多大的用处。但是，我当然也不会觉得，自己写的东西是一堆垃圾，一钱不值。不然我绝没有胆量，也不应该在香港出版什么选集。

那么，我究竟想对香港读者和华侨读者说些什么呢？

我从小就喜欢舞笔弄墨。我写这种叫作散文的东西，已经有五十年了。虽然写的东西非常少，水平也不高，但是对其中的酸、甜、苦、辣，我却有不少的感性认识。在生活平静的情况下，常常是一年半载写不出一篇文章来。原因是很明显的。天天上班、下班、开会、学习、上课、会客，从家里到办公室，从办公室到课堂，又从课堂回家，用句通俗又形象的话来说，就是三点一线。这种点和线都平淡无味，没有刺激，没有激动，没有巨大的变化，没有新鲜的印象，这里用得上一个已经批判过的词儿：没有灵感。没有灵感，就没有写什么东西的迫切愿望。在这样的时候，我什么东西也写不出来，什么东西也不想写。否则，如果勉强动笔，则写出的东西必然是味同嚼蜡，满篇八股，流传出去，一害自己，二害别人。自古以来，应试和赋得的东西好的很少，其原因就在这里。宋代伟大的词人辛稼轩写过一首词牌叫作《丑奴儿》的词：

少年不识愁滋味，爱上层楼。爱上层楼，为赋新词强说愁。
而今识尽愁滋味，欲说还休。欲说还休，却道天凉好个秋。

要勉强说愁，则感情是虚伪的，空洞的，写出的东西，连自己都不能感动，如何能感动别人呢？

我的意思就是说，千万不要勉强写东西，不要无病呻吟。

即使是有病呻吟，也不要一有病就立刻呻吟，呻吟也要有技巧。如果放开嗓子粗声号叫，那就毫无作用。还要细致地观察，深切地体会，反反复复，简练揣摩。要细致地观察一切人，观察一切事物，深入体会一切。在我们这个花花世界上，遍地潜伏着蓬勃的生命，随处活动着熙攘的人群。你只要留心，冷眼旁观，就一定会有收获。一个老妇人布满皱纹的脸上的微笑，一个婴儿的鲜苹果似的双颊上的红霞，一个农民长满了老茧的手，一个工人工作服上斑斑点点的油渍，一个学生琅琅的读书声，一个教师住房窗口深夜流出来的灯光，这些都是常见的现象，但是倘一深入体会，不是也能体会出许多动人的含义吗？你必须把这些常见的、习以为常的、平凡的现象，涵润在心中，融会贯通。仿佛一个酿蜜的蜂子，酝酿再酝酿，直到酝酿成熟，使情景交融，浑然一体，在自己心中形成了一幅“成竹”，然后动笔，把成竹画下来。这样写成的文章，怎么能不感动人呢？

我的意思就是说，要细致观察，反复酝酿，然后才下笔。

创作的激情有了，简练揣摩的功夫也下过了，那么怎样下笔呢？写一篇散文，不同于写一篇政论文章。政论文章需要有逻辑性，不能持之无故，言之不成理。散文也要有逻辑性，但仅仅有这个还不够，它还要有艺术性。古人说："言之无文，行之不远。"又说："不学诗，无以言。"写散文绝不能平铺直叙，像记一篇流水账，枯燥单调。枯燥单调是艺术的大敌，更是散文的大敌。首先要注意遣词造句。世界语言都各有其特点，汉语的特点更是特别显著。汉语的词类不那么固定，于是诗人就大有用武之地。相传宋代大散文家王安石写一首诗，中间有一句，原来写的是"春风又到江南岸"，他觉得不好，改为"春风又过江南岸"。他仍然觉得不好，改了几次，最后改为"春风又绿江南岸"，自己满意了，读者也都满意，成为名句。"绿"本来是形容词，这里却改为动词。一字之改，全句生动。这种例子还多得很。又如有名的"鸟宿池边树，僧敲月下门"，原来是"僧推月下门"，"推"字太低沉，不响亮，一改为"敲"，全句立刻活了起来。中国语言里常说的"推敲"就由此而来。再如咏早梅的诗："昨夜风雪里，前村数枝开。"把"数"字改为"一"字，"早"立刻就突了出来。中国古代的诗人很大一部分精力，就用在炼字上。我想，其他国家的诗人也在不同的程度上致力于此。散文作家，不仅仅限于遣词造句。整篇散文，都应该写得形象生动，诗意盎然。让读者读了以后，好像是读一首好诗。古今有名的散文作品很大一部分是属于这个类型的。中国古代的诗人曾在不同的时期提出不同的理论，有的主张神韵，有的主张性灵。表面上看起来五花八门，实际上，他们是有共同的目的的。他们都想把诗写得新鲜动人，不能陈陈相因。我想散文也不能例外。

我的意思就是说，要像写诗那样来写散文。

光是炼字、炼句是不是就够了呢？我觉得，还是不够的。更重要的还要炼篇。关于炼字、炼句，中国古代文艺理论著作中，其中也包括大量的所谓“诗话”，讨论得已经很充分了。但是关于炼篇，也就是要在整篇的结构上着眼，也间或有所论列，总之是很不够的。我们甚至可以说，这个问题似乎还没有引起文人学士足够的重视。实际上，我认为，这个问题是非常重要的。

炼篇包括的内容很广泛。首先是怎样开头。写过文章的人都知道：文章开头难。古今中外的文人大概都感到这一点，而且做过各方面的尝试。在中国古文和古诗歌中，如果细心揣摩，可以读到不少开头好的诗文。有的起得突兀，如奇峰突起，出人意料。比如岑参的《与高适薛据登慈恩寺浮图》开头两句是：“塔势如涌出，孤高耸天宫。”诗歌的开篇把高塔的气势生动地表现了出来，让你非看下去不可。有的纡徐，如春水潺湲，耐人寻味。比如欧阳修的《醉翁亭记》的开头的一句话：“环滁皆山也。”用“也”字结尾，这种句型一直贯穿到底。“也”仿佛抓住了你的心，非看下去不可。这样的例子还可以举出几十几百个。这些都说明，我们古代的文人学士是如何注意文章的开头的。

开头好，并不等于整篇文章都好。炼篇的工作才只是开始。在以下的整篇文章的结构上，还要煞费苦心，惨淡经营。整篇文章一定要一环扣一环，有一种内在的逻辑性。句与句之间，段与段之间，都要严丝合缝，无懈可击。有人写文章东一榔头，西一棒槌，前言不搭后语，我认为，这不是正确的做法。

在整篇文章的气势方面，既不能流于单调，也不能陈陈相因。尽管每个作者都有自己独特的风格，应该加意培养这种风格，这只是就全体而言。至于在一篇文章中，却应该变化多端。中国几千年的文学史上，出现了许多不同的风格:《史记》的雄浑，六朝文的秾艳，陶渊明、王维的朴素，徐庾的华丽，杜甫的沉郁顿挫，李白的流畅灵动，《红楼梦》的细腻，《儒林外史》的简明，无不各擅胜场。我们写东西，在一篇文章中最好不要使用一种风格，应该尽可能地把几种不同的风格融合在一起，这样给人的印象会比较深刻。中国的骈文、诗歌讲究平仄，这是中国语言的特点造成的，是任何别的语言所没有的。大概中国人也不可能一开始就认识到这个现象，一定也是经过长期的实践才摸索出来的。我们写散文当然与写骈文、诗歌不同。但在个别的地方，也可以尝试着使用一下这种写法，这样可以助长行文的气势，使文章的调子更响亮，更挫锵有力。

文章的中心部分写完了，到了结束的时候，又来了一个难题。我上面讲到文章开头难，但是认真从事写作的人都会感到文章结尾更难。

为了说明问题方便起见，我还是举一些中国古典文学中的例子。上面引的《醉翁亭记》的结尾是："太守谓谁？庐陵欧阳修也。"以"也"字句开始，又以"也"字句结尾。中间也有大量的"也"字句，这样就前后呼应，构成了一个整体。另一个例子我想举杜甫那首著名的诗篇《赠卫八处士》，最后两句是："明日隔山岳，世事两茫茫。"这样就给人一种言有尽而意无穷的感觉。再如白居易的《长恨歌》，洋洋洒洒数百言，或在天上，或在地下。最后的结句是："天长地久有时尽，此恨绵绵无绝期。"也使人感觉到余味无穷的意境。还有一首诗，是钱起的《省试湘灵鼓瑟》，结句是："曲终人不见，江上数峰青。"文人们对这两句的解释是有争论的，据我自己的看法，这样结尾，与试帖诗无关，它确实把读者带到一个永恒的境界中去了。

上面讲了一篇散文的起头、中间部分和结尾，我们都要认真对待，而且要有一个中心的旋律贯穿全篇，不能写到后面忘了前面，一定要使一篇散文有变化而又完整，谨严而又生动，千门万户而又天衣无缝，奇峰突起而又顺理成章，必须使它成为一个完美的整体。

我的意思是，要像谱写交响乐那样来写散文。

写到这里，也许有人要问："写篇把散文，有什么了不起？

可你竟规定了这样多的清规戒律，不是有意束缚人们的手脚吗？”我认为，这并不是什么清规戒律。任何一种文学艺术形式，都有自己的一套规律，没有规律就不称其为文学艺术。一种文学艺术之所以区别于另一种文学艺术，就在于它们的规律不同。但是不同种的文学艺术之间又可以互相借鉴，互相启发，而且是借鉴得越好，则这一种文学艺术也就越向前发展。任何国家的文学艺术史都可以证明这一点。

也许还有人要问：“古今的散文中，有不少是信笔写来，如行云流水，本色天成，并没有像你上面讲的那样艰巨，那样繁杂。”我认为，这种散文确实有，但这只是在表面上看来是信笔写来，实际上是作者经过了无数次的锻炼，由有规律而逐渐变成表面上看起来摆脱一切规律。这其实是另外一种规律，也许是更难掌握的更高级的一种规律。

我学习写散文，已经有五十年的历史了。如果说有一个散文学校，或者大学，甚至研究院的话，从年限上来看，我早就该毕业了。但是事实上，我好像还是小学的水平，至多是中学的程度。我上面讲了那样一些话，绝不意味着我都能做得到。正相反，好多都是我努力的目标，也就是说，我想这样做，而还没有做到。我看别人的作品时，也常常拿那些标准来衡量，结果是眼高手低。在五十年漫长的时间内，我搞了一些别的工作，并没有集中精力来写散文，多少带一点客串的性质。但是我的兴致始终不衰，因此也就积累了一些所谓的经验，都可以说是一得之见。对于专家内行来说，这可能是些怪论，或者是一些老生常谈。但是对我自己来说，却有点敝帚自珍的味道。《列子·杨朱篇》讲了一个故事：

昔者宋国有田夫，常衣缊黂，仅以过冬。暨春东作，自曝于日，不知天下之有广厦隩室、绵纩狐貉。顾谓其妻曰："负日之暄，人莫知者。以献吾君，将有重赏。"

我现在就学习那个田夫，把我那些想法写了出来，放在选集的前面。我相信，我这些想法至多也不过同负暄相类。但我不想得到重赏，我只想得到赞同或者反对。就让我这篇新的野叟曝言带着它的优点与缺点，怀着欣喜或者忧惧，走到读者中去吧！

1980年4月17日

《季羡林散文集》自序

我从小好舞笔弄墨，到现在已经五十多年了。虽然我从来没有敢妄想成为什么文学家，可是积习难除，一遇机缘，就想拿起笔来写点什么，积之既久，数量已相当可观。我曾经出过三本集子:《朗润集》《天竺心影》《季羡林选集》(香港)，也没能把我所写的这一方面的文章全部收进去。现在北京大学出版社建议我把所有这方面的东西收集在一起，形成一个集子。我对于这件事不能说一点热情都没有，这样说是虚伪的，但是我的热情也不太高，只是有人建议收集，就收集吧。这就是这部集子产生的原因。

集子里的东西全都属于散文一类。我对于这种文体确实有所偏爱。我在《朗润集》的自序里曾经谈到过这个问题，到现在我仍然保留原来的意见。中国是世界上首屈一指的散文国家，历史长，人才多，数量大，成就高，这是任何国家都无法相比的。之所以有这种情况，可能与中国的语言有关。汉语有其特别优越之处。表现手段最简短，而包含的内容最丰富。用现在的话来说就是使用的劳动量最小，而传递的信息量最大。此外，在声调方面，在遣词造句方面，也有一些特点，最宜于抒情、叙事。有时候可能有点朦胧，但是朦胧也自有朦胧之美。“诗无达诂”，写抒情的东西，说得太透，反而会产生浅显之感。

我为什么只写散文呢？我有点说不清楚。记得在中学的时候，我的小伙伴们给我起过一个绰号，叫作“诗人”。我当时恐怕也写过诗，但是写得并不多，当然也不好。为什么竟成为“诗人”了呢？给我起这个绰号的那些小伙伴几乎都已作古，现在恐怕没有人能说清楚了。其中可能包含着一个隐而不彰的信息：我一向喜欢抒情的文字。读《古文观止》一类书的时候，真正打动我的心的是司马迁的《报任安书》，陶渊明的《桃花源记》，李密的《陈情表》，韩愈的《祭十二郎文》，欧阳修的《泷冈阡表》，苏轼的《前赤壁赋》《后赤壁赋》，归有光的《项脊轩志》等文章，简直是百读不厌，至今还都能背诵。我还有一个偏见，我认为，散文应该以抒情为主，叙事也必须含有抒情的成分。至于议论文，当然也不可缺，却不是正宗的散文了。

在这里，我想谈一谈所谓“身边琐事”这个问题。如果我的理解没错的话，在新中国成立前，反对写身边琐事的口号是一些进步的文艺工作者提出来的。我觉得，当时这样提是完全正确的。在激烈的斗争中，一切涣散军心、瓦解士气的文章都是不能允许写的。那时候确实有一些人想利用写身边琐事来转移人们的注意力，消灭人们的斗志。在这样的情况下，反对写身边琐事是无可非议的，顺理成章的。

但是，我并不认为，在任何时候，任何情况下，都必须义正词严、疾言厉色地来反对写身边琐事。到了今天，历史的经验和教训都已经够多的了，我们对身边琐事应该加以细致的分析了。在“四人帮”肆虐时期，甚至在那个时期以前的一段时间内，文坛上出现了一批假、大、空的文学作品，凭空捏造，很少有事实依据，根据什么“三突出”的“学说”，一个劲地突出、突出，突得一塌糊涂。这样做，当然谈不到什么真实的感情。有的作品也曾流行一时。然而，曾几何时，有谁还愿意读这样的作品呢？大家都承认，文学艺术的精髓在于真实，古今中外，概莫能外。如果内容不真实，用多么多的篇幅，写多么大的事件，什么国家大事、世界大事、宇宙大事，辞藻再华丽，气派再宏大，也无济于事，也是不能感人的。文学作品到了这个地步，简直是一出悲剧。我们千万不能再走这条路了。

回头再看身边琐事。古今中外有不少文章写的确实是一些身边琐事，绝不是国家大事，无关大局。但是，作者的感情真挚、朴素，语言也不故意扭捏做作，因而能感动读者，甚至能让时代不同、地域不同的读者在内心深处起着共鸣。这样写身边琐事的文章能不给以很高的评价吗？我上面列举的那许多篇古文，哪一篇写的不是身边琐事呢？近代人写的被广大读者喜爱的一些文章，比如鲁迅的抒情散文，朱自清的《背影》《荷塘月色》等名篇，写的难道都是国家大事吗？我甚至想说，没有身边琐事，就没有真正好的散文。所谓身边琐事，范围极广。从我上面举出的几篇古代名作来看，亲属之情占有极其重要的地位。在错综复杂的社会生活中，亲属和朋友的生离死别，最容易使人们感情激动。此外，人们也随时随地都能遇到一些美好的、悲哀的、能拨动人们心弦的事物，值得一写。对自然景色的描绘，在古今中外的散文中也占有很大的比例。读了这样的文章，我们的感情最容易触动，我们不禁就会想到，我们自己对待亲属和朋友有一种什么感情，我们对一切善良的人、一切美好的事物是一种什么态度。至于写景的文章，如果写的是祖国之景，自然会启发我们热爱祖国；如果写的是自然界的风光，也会启发我们热爱大自然，热爱生活。这样的文章能净化我们的感情，陶冶我们的心灵，小中见大，平凡之中见真理，琐细之中见精神，这样的身边琐事难道还不值得我们大大地去写吗？

今天，时代变了，我们的视野也应当随之扩大，我们的感情不应当囿于像过去那样的小圈子里，我们应当写工厂，应当写农村，应当写革新，应当写进步，但是无论如何也离不开个人的感受，我们的灵魂往往被一些琐事触动。国家大事当然也可以写，但是必须感情真挚。那一套假、大、空的东西，我们再也不能要了。

这就是我了解的身边琐事。收在这个集子里面的文章写的几乎都是这样的身边琐事。我的文笔可能是拙劣的，我的技巧可能是低下的，但是，我扪心自问，我的感情是真实的，我的态度是严肃的，这绝不含糊。我写东西有一条金科玉律：凡是没有真正使我感动的事物，我绝不下笔去写。这也就是我写散文不多的原因。我不敢说这些都是好文章，我也不说这些都是垃圾。如果我真认为是垃圾的话，当然应当投入垃圾箱中，拿出来灾祸梨枣，岂非存心害人？那是虚伪的谦虚，也为我所不取。

我的意思无非是说，我自己觉得这些东西对别人也许还有一点好处。其中一点，可能是最重要的一点，我在《朗润集》的自序中已经谈到过，那就是，我想把新中国成立前后写的散文统统收在这个集子里，让读者看到我在这一个巨大的分界线两旁所写的东西情调的不同，从而默思不一样的原因而从中得到启发。可惜我这个美好的愿望格于编辑，未能实现。但是，我并没有死心，现在终于实现了。对我自己来说，这是一件非常可喜的事情。可喜之处何在呢？就在于，它说明了，像我们这些从旧社会过来的知识分子，不管是“高级”的，还是其他级的，思想都必须改造，而且能够改造。这一点，我认为是非常有意义的。今天，人们很少再谈思想改造了，好像一谈就是“极左”。但是我个人认为，思想改造还是必要的。客观世界飞速前进，新事物层出不穷，我们的思想如果不改造，怎么能跟得上时代的步伐呢？这是我的经验之谈，不是空口白话。我相信，细心的读者会从这本集子里体察出我的思想改造的痕迹。他们会看出我在《朗润集》的自序里写的那种情况：新中国成立前看不到祖国和人民的前途，也看不到个人的前途，写东西调子低沉，情绪幽凄。新中国成立后则逐渐充满了乐观精神，写东西调子比较响。这种细微的思想感情方面的转变是非常有意义的。它至少能证明，我们的社会主义国家确实有其优越之处，确实是值得我们热爱的。它能让一个人的思想感情在潜移默化中发生变化。现在有那么一些人觉得社会主义不行了，优越性看不出来了，这个了，那个了。我个人的例子就证明这些说法不对头。这也可以说是我的现身说法吧！

细心的读者大概还可以从书中看到一种情况：新中国成立前写的文章中有一些不常见的词儿，其中有一些是我自己创造出来的。在这一方面，我那时颇有一点初生牛犊不怕虎的气概。然而在新中国成立后写的文章中，特别是在最近几年的文章中，几乎没有什么新词儿了。事实上，我现在胆子越来越小，经常翻查词典，往往是心中想出一个词儿，如果稍有怀疑，则以词典为据，词典中没有的，绝不写进文章。简直有点战战兢兢的意味了。这是一个好现象呢，还是一个坏现象？我说不清楚。我不敢赞成现在有一些人那种生造新词的办法，这些词看上去非常别扭。但是，在几千年汉语发展的历史上，如果一个新词也不敢造，那么汉语如何发展呢？如何进步呢？可是话又说了回来，如果每一个人都任意生造，语言岂不成了无政府主义的东西？语言岂不要大混乱吗？我现在还不知道怎样来解决这个问题。我眼前姑且把我新中国成立前的文章中那一些比较陌生的词儿一股脑儿地保留下来，让读者加以评判。

我在上面拉拉杂杂地写了一大篇，把自己现在所想到的合盘托了出来。这些想法，不管别人看上去会觉得多么离奇，甚至多么幼稚，但是，我自己却认为都是有道理的，否则我也不会写出来了。不过，我也绝不强迫读者一定要认为是有道理的。

回顾五十多年的创作过程，看到自己笔下产生出来的这些所谓文章今天能够收集起来，心里不能不感到一点快慰。就算是雪泥鸿爪吧，这总是留下的一点痕迹。过去的五十年，是世事多变的五十年。我们的民族，还有我自己，都是既走过阳关大道，也走过独木小桥的。这种情况在集子中约略有所反映。现在我们的国家终于拨开云雾见青天，我自己也过了古稀之年。我还没有制订去见马克思的计划。今后，我积习难除，如果真有所感——我强调的是一个“真”字，我还将继续写下去。我们的国家、我们的民族，不管目前还有多少困难，总的趋势是向上的，是走向繁荣富强的。我但愿能用自己这支拙劣的笔鼓吹升平，与大家共同欣赏社会主义建设的钧天之乐。

1985年10月10日初稿于烟台，1985年11月7日抄毕于燕园

《世界散文精华》序

自从有了文学史以来，散文就好像受到了歧视。一般人谈论起文学类别来，也往往只谈诗歌、小说、戏剧这“老三样”。即使谈到散文，也令人有“敬陪末座”之感。

这是非常不公平的，然而有其原因。

一般讲到散文的应用，不外抒情与叙事两端。抒情接近诗歌，而叙事则邻近小说。散文于是就成了动物中的蝙蝠，亦鸟亦兽，非鸟非兽。在文学大家庭中，仿佛成了童养媳，难乎其为文矣。

不管是抒情，还是叙事，散文的真精神在于真实。抒情要真挚动人而又不弄玄虚，叙事不容虚构而又要有文采，有神韵。可是有一些人往往是为了消遣而读书。文学作品真实与否，在所不计。即使是胡编乱侃，只要情节动人，能碰触他们灵魂深处的某一个并不高明的部位，使他们能够得到一点也并不高明的快感，不用费脑筋，而又能获得他们认为的精神享受，在工作之余，在飞机上，在火车中，一卷在手，其乐融融，阅毕丢掉，四大皆空。

散文担当不了这个差使，于是受到歧视。

倘若把文学分为阳春白雪与下里巴人的话，散文接近阳春白雪。真要欣赏散文，需要一定的基础，一定的艺术修养。虽然用不着焚香静坐，也要有一定的环境。车上，机上，厕上，不是适宜的环境。

“你是不是想把散文重新塞进象牙之塔，使它成为小摆设，脱离广大的群众呢？”敬谨答曰：“否。”我只是想说，文学作品要能给读者一点美感享受，否则文学作品就会失去它的社会意义。但是，美感享受在层次上是不尽相同的。散文给予的美感享受应该说是比较高级的美感享受，是真正的美感享受。它能提高人的精神境界，洗涤人的灵魂。像古希腊的悲剧，它能使人“净化”，但这是一种性质完全不同的净化。

写到这里，我必须谈一谈一个对散文来说非常重要的问题：身边琐事问题。在中国文学史上，一直到近现代，最能感动人的散文往往写的都是身边琐事。即以本书而论，入选的中国散文中有《陈情表》《兰亭集序》《桃花源记》《别赋》《三峡》《春夜宴诸从弟桃李园序》《祭十二郎文》《陋室铭》《钴鉧潭西小丘记》《醉翁亭记》《秋声赋》《前赤壁赋》《黄州快哉亭记》等散文名篇，哪一篇不真挚动人，感人肺腑？又哪一篇写的不是身边琐事或个人的一点即兴的感触？我们只能得到这样一个结论：只有真实地写真实的身边琐事，才能真正拨动千千万万平常人的心弦，才能净化他们的灵魂。宇宙大事，世界大事，国家大事当然能震撼人心。然而写这些东西，如果掌握不好，往往容易流于假、大、空、废“四话”。“四话”一出，真情必隐，又焉能期望这样的文章能感动人呢？

在这一点上，外国的散文也同中国一样。只要读一读本书中所选的外国作家的散文，就能够一目了然，身边琐事和个人一点触景生情的小小的感触，在这些散文中也占重要的地位，我就不再细谈了。

谈到外国散文，我想讲一个有趣的现象。在世界上许多国家，特别是那几个文化大国中，文学创作都是非常繁荣昌盛的，诗歌、小说和戏剧的创作都比较平衡。一谈到散文，则不尽如此。有的国家散文创作异常发达，有的国家则比较差，其间的差距是非常令人吃惊的。比如，英国是散文大国，这一点是大家都承认的。英国的散文大家灿若列星，一举就能举出一连串光辉的名字。法国次之，而德国则几乎找不出一个专以散文出名的大家。原因何在呢？实在值得人们仔细思考和探讨。

曾经有很长一段时间，我认为英国是世界上唯一的，至少是最大的散文大国。我在大学里学的是西洋文学，教我们英国散文的是后来当了台湾官员的一位教授。他把英国散文说得天花乱坠。我读了一些，也觉得确实不错。遥想英国人坐在壁炉前侃天说地的情景，娓娓而谈，妙趣横生，真不禁神往。愧我愚鲁，感觉迟钝，一直到很晚的时候，我才恍然顿悟：远在天边，近在眼前，世界上真正的散文大国其实就是中国。在“经”中间有好散文，在“史”和“子”中，绝妙的散文就更多了。在“集”中，除了诗歌以外，几乎都是散文。因此，无论从质上，还是从量上，以及从历史上来看，中国都是当之无愧的世界第一。事情难道不是这个样子吗？

我还想从另外一个角度来说明中国散文的优越性。自从五四运动倡导新文学以来，我们已经取得了辉煌的成就，诗歌、小说、戏剧、散文四管齐下，各有独特的成绩。有人提出了一个问题：这四个方面，哪一方面成就最大？言人人殊，不足为怪。我不讨论这个论争。但是有人说，四者中成就最大的是散文。我不评论这个看法的是非曲直，但是我觉得，这种看法是非常深刻、很有启发性的。专就形式而论，诗歌模仿西方是尽人皆知的事实，而小说，不管是长篇还是短篇，哪里有一点《三国演义》《水浒传》《红楼梦》和唐代传奇、《今古奇观》《聊斋》的影子？它们已经“全盘西化”了。

至于戏剧，把中国戏剧置于易卜生等大家的戏剧之中，从形式上来看，还有一点关汉卿的影子吗？我不反对“西化”，我只是指出这个事实。至于散文，则很难说它受到了多少西方影响，它基本是中国的。我个人认为，这同中国是世界最大的散文国家这个事实，有密切关系。如果在这个意义上来说中国现代散文成就最大，难道还能有什么理由来批驳吗？

既然把散文摆上了这样高、这样特殊的位置，散文，特别是中国散文的特点究竟何在呢？有人说，散文的特点就在一个“散”字，散文要松松散散。愿意怎样写，就怎样写，愿意写到什么地方，就写到什么地方。率意而行，一片天机，挥洒自如，如天马行空。何等潇洒！何等自如！我对这种说法是有怀疑的。如果不是英雄欺人，就是完全外行。现在有些散文确实“散”了，但是散得像中小学生的作文。这样的东西也惶惶然刊登在杂志上，我极不理解。听说，英国现代个别作家坐在咖啡馆里，灵感忽然飞来，于是拿起电话，自己口述，对方的秘书笔录，于是一篇绝妙文章就此出笼。这是否是事实，我不敢说。反正从中国过去的一些笔记中看到的情况与此截然相反。很多散文名篇，都是散文大家在长期锻炼修养的基础上，又在“意匠惨淡经营中”的情况下，千锤百炼写出来的。尽管有的文章看起来如行云流水，舒卷自如，一点费力的痕迹都没有，背后隐藏着多么大的劳动，只有作者和会心人了解，实不足为外人道也。

以上就是我对中国散文和世界散文的一点肤浅的看法。我自己当然认为是正确的，否则就不会写出来。至于究竟如何，这要由读者来判断了。

因为自己不在文坛上，对文坛上的情况不甚了了。风闻现在散文又走俏了。逖听之下，不禁狂喜，受了多年歧视的散文，现在忽然否极泰来，焉得不喜！而读者也大概对那些秘闻逸事、小道新闻、政坛艺坛文坛上的明星们的韵事感到腻味了。这是读者水平提高的表现，我又焉得不喜！

在这样出书难、卖书难的严峻环境中，江苏文艺出版社竟毅然出版这样一部规模空前的散文精华。对于这样的眼光与魄力，任何人也不会吝惜自己的赞扬。这篇序言本来是请冯至先生写的。他是写这篇序言的最适宜的人选。可惜天不假年，序写未半，遽归道山。蒙编选同志和姚平垂青，让我来承担这个任务，完成君培先生未竟之业，自愧庸陋，既感光荣与惶恐；哲人其萎，又觉凄凉与寂寞。掷笔长叹，不禁悲从中来。

1993 年 5 月 5 日

《赋得永久的悔》自序

我向来不敢以名人自居，我更没有什么名作。但是当人民日报出版社的同志向我提出要让我在“名人名家书系”中占一席之地时，我却立即应允了。原因十分简单明了：谁同冰心、巴金、萧乾等我的或师或友的当代中国文坛的几位元老并列而不感到光荣与快乐呢？何况我又是一个俗人，我不愿矫情说谎。

我毕生舞笔弄墨，所谓“文章”，包括散文、杂感在内，当然写了不少。语云：“当局者迷，旁观者清。”自己的东西是好是坏，我当然会有所反思，但我从不评论，怕自己迷了心窍，说不出什么符合实际的道道来。别人的评论，我当然注意，但也并不在意。我不愿意像某个外国哲人所说的那样“让别人在自己脑袋里跑马”。我只有一个信念、一个主旨、一点精神，那就是：写文章必须说真话，不说假话。上面提到的那三位师友之所以享有极高的威望，之所以让我佩服，不就在于他们敢说真话吗？我在这里用了一个“敢”字，这是“画龙点睛”之笔。因为，说真话是要有一点勇气的，有时甚至需要极大的勇气。古今中外，由于敢说真话而遭到厄运的作家或非作家的人数还算少吗？然而，历史是无情的。千百年来流传下来为人所钦仰颂扬的作家或非作家无一不是敢说真话的人。说假话者其中也不能说没有，他们只能被当作反面教材，被钉在历史的耻辱柱上。

但是，只说真话，还不能成为一个文学家。文学家必须有文采和深邃的思想。这有点像我们常说的文学的思想性和艺术性的问题。我说"有点像"，就表示不完全像，不完全相等。说真话离不开思想，但思想有深浅之别，有高下之别。思想肤浅而低下，即使是真话，也不能感动人。思想必须是深而高，再济之以文采，这样才能感动人，影响人。我在这里特别强调文采，因为，不管思想多么高深，多么正确，多么放之四海而皆准，多么超出流俗，仍然不能成为文学作品，这一点大家都会承认的。近几年来，我常发表一种怪论：谈论文艺的准则，应该把艺术性放在第一位。上面讲的那些话，就是我的"理论根据"。

谈到文采，那是同风格密不可分的。古今中外，有成就的作家都有各自的风格，泾渭分明，绝不含混。杜甫诗："清新庾开府，俊逸鲍参军。"这是杜甫对庾信和鲍照风格的评价。而杜甫自己的风格，则一向被认为是"沉郁顿挫"，与之相对的是李白的“飘逸豪放”。对于这一点，自古以来，几乎没有异议。这些词句都是从印象或者感悟得来的。在西方学者眼中，或者在中国迷信西方“科学主义”的学者眼中，这很不够意思，很不“科学”，他们一定会拿起那惯用的分析的“科学的”解剖刀，把世界上万事万物，也包括美学范畴在内肌分理析，解剖个淋漓尽致。可他们忘记了，解剖刀一下，连活的东西都立即变成死的，反而不如东方的直觉的顿悟、整体的把握更能接近真理。

这话说远了，就此打住，还来谈我们的文采和风格问题。倘若有人要问：“你追求的是一种什么样的文采和风格呢？”这个问题问得好。我舞笔弄墨六十多年，对这个问题当然会有所考虑，而且时时都在考虑。但是，说多了话太长，我只简略地说上几句。我觉得，文章的真髓在于我在前面提到的那个“真”字。有了真情实感，才能有感人的文章。文采和风格都只能在这个前提下来谈。我追求的风格是：淳朴恬澹，本色天然，外表平易，秀色内涵，形式似散，经营惨淡，有节奏性，有韵律感，似谱乐曲，往复回还，万勿率意，切忌颟顸。我认为，这是很高的标准，也是我自己的标准。别人不一定赞成，我也不强求别人赞成。喜欢哪一种风格，是每个人自己的权利，谁也不能干涉。我最不赞成刻意雕琢，生造一些极为别扭，极不自然的词句，顾影自怜，自以为美。我也不赞成平板呆滞的文章。我定的这个标准，只是我追求的目标，我自己也做不到。

我对文艺理论只是一知半解，对美学更是门外汉。以上所言，纯属野狐谈禅，不值得内行一顾。因为这与所谓“名人名作”有关，不禁说了出来，就算是序。

1995年11月3日

《我的心是一面镜子》自序

完全出于一个偶然的机会，我最近结识了延边大学出版社的贾锐同志。虽然初次见面，但是我们颇能谈得来。佛家讲因缘，中国老百姓讲缘分。我不是宗教家，但缘分我却是相信的。原因何在呢？原因就是你非信不行。哲学中讲偶然性，你能把偶然性说清楚吗？偶然性其实就是除掉迷信成分的缘分。

我们这份缘分还是有点来源的，那就是贾锐同志的夫人延边大学副教授王文宏女士。文宏曾来北京大学从中国语言文学系刘烜教授进修过，所以我们早就认识。她是一位心地善良，感情超过需要的，有才华而又勤奋努力的青年学者，成绩斐然。由于她的缘故，我才认识了她的丈夫。在这里，我不禁又要讲缘分了。如果没有缘分，我怎么能同来自几千里外的文宏认识了呢？

闲言少叙，书归正传。贾锐同志以其出版家的敏感和善于捕捉“战机”的本领——我几乎想说是“本能”——突然向我提出建议，想给我出版一本书，书名原定为《心声集》，后又改名为

《我的心是一面镜子》，都是源于我两篇文章的标题。书名如何定，我毫无疑义，怎样定都行，反正内容都是一样的。但是，对于这个建议，对于出版我的书，却出乎我的意料。我几乎没加考虑，就断然拒绝。我不是不感激他们的感情，不是对出书不高兴，而是别有原因。我以毕生心血倾全力搞的研究工作，完全是另外一码事。写点抒情散文或杂文之类，是情动之中不能不抒发时“流”出来的。我从来没有意为文，“为觅新词强说愁”。因此，我对自己写的这类东西，既偏爱，又不太重视。我从来不敢以作家自命。在文坛上或什么坛上获得的那一点青睐，在高兴之余我并不十分看重。在潜意识中，恐怕难免有点“雕虫小技”之感。

此外，还有另外一个原因。最近几个月以来，有几个出版社，北京、上海、浙江、天津等地都有，给我出了几本选集，有的已出版，有的正在印刷中。虽然编排的目的和原则都不一样，但是所选的文章，则难免有所雷同。我颇听到一些读者或买书者的抱怨之声。重复选编，大作家可以，如我辈戋戋者则不可。这是我个人的“活思想”。因此，我出于“私心”——公心大概也有一点吧——断然拒绝了贾锐同志和文宏的建议。

但是，贾锐同志坚忍不拔，继续向我“说法”，文宏又从旁大敲边鼓。看样子，我如果不应允，他们绝不会善罢甘休的。当年，生公说法，顽石还能点头。我这个活人，难道连顽石都不如吗？此外，我还有一点想法，可能算是“私心杂念”吧。

写文章的人总喜欢或者希望别人能够读自己的文章。如果有人说，自己的文章不喜欢或者不希望别人读，那你就把自己的灵感闷在肚子里好了，何必写出来灾祸梨枣呢？这样过分的矫情形同虚伪，为我所不取。而且他们两位还说，在延边根本买不到我的书。根据这些复杂而又曲折的考虑，内因与外因相结合，我终于点头同意。

“我的心是一面镜子”，我看，谁的心都是一面镜子。不过，这面镜子有大，有小；有明，有暗；有的有时明有时暗，有的总是明或总是暗；有的人意识到它，有的人没有意识到；有的人意识到而能反映出来，有的人意识到却反映不出来。在这花花世界，众相纷杂。在大千世界中，只要有动物的地方，就会有这种现象。此事太玄远幽奥，恐怕只有无所不见无所不知的佛祖或上帝，也许再加天老爷，才能了知。我辈凡人大可以不必操这份心了。

我现在只讲凡人的事，只讲我这个凡人的事。我绝没有什么过人的地方，我不比别人多一只眼睛，多一个耳朵，多一颗心。但是，差堪自慰者，我不糊涂，或者不太糊涂，我敏感，我有感情。世界上的万事万物和芸芸众生，风花雪月，阴晴寒暑，一旦触及我的五官，就必然映现在我心里这一面镜子上。我这面镜子能辨邪正，分是非，能使魑魅魍魉现形，能使牛鬼蛇神无所逃遁。我对它是颇有自信的。物换星移，八十五年于兹矣，它至今仍旧朗然。有时候，我无端会可怜起我这一面镜子来，它的负担实在太大太大了。从高中时起，我受几位老师的影响和鼓励，开始舞笔弄墨。以后，虽然倾全力搞的是另一个行道，可是积习难除，每有所感，我的心这一面镜子每有什么映像，我自然而然地就会拿起笔描绘下来，我识人成千上万，游踪遍亚、欧、非三大洲。国内，国外，伟人，猛人，君子，小人，地、富、反、坏、右、叛、特、走资、臭，我无不接触，我自己就是其中的“老儿”嘛！至于浩渺大洋，巍峨峻岭，瑰丽春花，晶莹秋月，夏日红荷，三冬冰雪，更是每年一度会面，从不爽约。所有这一切纷纭繁复的五光十色的人和物，都反映到我的心镜中。一旦心血来潮，也通过笔墨流到了纸上，装订成集。积之既久，我的所谓“作品”，数量也就颇为可观了。

特别值得一提的是，在我的心镜中赫然有一个延吉，有延边大学，有长白山，有天池，有图们江。我前几年访问延边大学时，承老友郑判龙教授和当时的校长垂青，我曾在延边大学做过一次所谓“学术报告”，认识了许多学有根底的教授。在招待方面，判龙兄自不必说，卢处长、王文宏、金宽雄等朋友，包括司机金师傅和小夏在内，无不争先恐后，真使我“宾至如归”，高谊隆情，永志不忘。长白山和天池的瑰丽风光永远映在我的心镜上；图们江的流水和浪花永远映在我的心镜上；延吉市独特的市容永远映在我的心镜上；延边朝汉两族祥和亲切的气氛永远映在我的心镜上；延边人喝啤酒不论瓶而论箱的豪迈气概永远映在我的心镜上；延边青年朋友食蛇饮酒的胆量也永远映在我的心镜上。从这一面心镜上也流出了几篇散文，汉语原文已出版，朝鲜语译文听说也已出版了。所可惜者，当时贾锐同志出差在外，未能识荆，直到几年后才在北京见面。不管怎样，在我这一面长达八十多年的至今仍不失其光辉的心镜上，给延边和延边人涂上了绚丽夺目的色彩，给我增添了无量情趣，我感到无比的安慰和幸福。

我在上面已经说到，真是十分出我意料，现在延边大学出版社竟要给我出版一本散文选集《我的心是一面镜子》。这样一来，我同延边的关系，我同延边大学的关系，我同延边方面的新老朋友的关系，就能够更固定下来而且长久化了——我不说“永久化”，因为我这些拙作绝不会永久化的。这样一件对我来说是天大的好事，我最初竟然企图推掉。断章取义，借用一下郑板桥的“难得糊涂”或可自我解嘲。倘若借用佛家的说法，或更贴切。佛家有“顿悟”“渐悟”之分。我根底瘠薄，生性鲁钝，“顿悟”之时几乎没有，我大概是“渐悟”一流。但是“渐悟”总比“不悟”要强得多。在出书方面，虽然经过了点波折，我总算“觉今是昨非”了，我这个孺子还是“可教”的。因喜而写了这一篇自序。

1996年3月13日

《长歌当啸》序

我对毓方散文的欣赏与理解，有一个长期的过程。一九九六年我给他的散文集《岁月游虹》写序时，说句老实话，我还并没有读过太多他的文章，仅仅根据一点肤浅的印象，我就放言高论。现在自己读起来，都有点觉得脸上发烧。我感到有点“那个”。“那个”者，“有说不出来的滋味”之谓也。我现在有了说不出来的滋味。为什么呢？说是“惭愧”，有点过了头。不过头的词儿又一时想不出，于是就随顺流俗“那个”之了。

这话不明不白，要说明白，必须从大处远处说起。

根据我个人的归纳，对于散文的创作，大体上有两种态度。一种认为，散文重点在一个“散”字上，愿意怎样写，就怎样写；愿意怎样起头，就怎样起头；愿意怎样煞尾，就怎样煞尾，无拘无束，松松散散，信笔由之，潇洒自如，天马行空，所向无前。要引经据典，中外都有。外国最著名的例子，我想举法国的蒙田，蒙田的随笔享誉世界，垂数百年，至今不衰。他的随笔就属于松散一类，整篇不讲求结构，叙述也看不出什么层次，一点匠心也看不出来，在辞藻修辞方面也看不出什么独特的风采。因此，我常常想，与其说蒙田是一个文学家，毋宁说他是一个思想家或哲学家，他的思想确有非常深刻之处，为他人所不可及者。在中国也能找出一些类似的例子。中国一些大散文家有时也写一些轻松的文章，信手拈来，涉笔成趣，比如苏东坡的《记承天寺夜游》之类。

这一类的散文作品，这一类的散文作家，我无以名之，暂时名之为松散派。

与松散派相对立的一派主张，写散文同写别的文章一样，也要经过充分构思，精心安排，对全篇结构布局，要仔细考虑，要有逻辑性，有层次；对遣词造句，也要认真推敲，不能苟且下笔。我自己是属于这一派的。我的意见具见拙作《漫谈散文》（《人民文学》，一九九八年第八期），这里不再重复。杜甫在《丹青引赠曹将军霸》中有两句诗："诏谓将军拂绢素，意匠惨淡经营中。"这里指的是绘画，后来把意思扩大了，泛指所有匠心独运，认真考虑的情况。我在这里借用来指散文的创作，我杜撰了一个名词——"经营派"。

汉语是中国语言的一种，在世界众语言中独具特色。特色颇多，我不能一一列举。我现在只举一种，这就是：汉语讲究炼字炼句。这个特点最突出地表现在文学创作中，特别是诗词创作中，这一点我在《漫谈散文》中已有所涉及。现在再补充一点。王国维在《人间词话》中说：“境非独谓景物也，喜怒哀乐亦人心中之一境界。故能写真景物真感情者，谓之有境界，否则谓之无境界。——‘红杏枝头春意闹’，着一‘闹’字而境界全出。‘云破月来花弄影’，着一‘弄’字而境界全出矣。”一般说来，“闹”字、“弄”字都属于炼字的范畴，然而王国维却把它们提高到境界的高度。人家都知道，境界论是王国维美学思想的支柱和基础，前无古人，而他竟把炼字与境界论结合起来，可见炼字在他心目中，重要到什么程度了。

炼字炼句是中国写诗歌写散文时“惨淡经营”的一种方式，但是“惨淡经营”的范围还大得很，不限于这一种方式。在西方，写诗歌也绝不是不讲究炼字炼句，但是由于语言的不同，不像汉语这样全力以赴。汉语的词类有时候不那么固定，这也为炼字打开了一扇方便之门。

能做到“惨淡经营”，散文是否就一定能写得好呢？并不见得。一般说起来，只能有两种结果：成功或者失败。在成功的方面，情况也极为复杂。先举一个诗人的例子，杜甫有一句很有名的诗：“语不惊人死不休。”可见他作诗惨淡经营之艰苦，结果他成了中国的“诗圣”，大名垂宇宙了。谈到散文（广义的）创作，从六朝的骈体文开始，作者没有不是惨淡经营的。到了唐代，韩愈文起八代之衰，柳宗元与韩愈并称，写文章也没有不是惨淡经营的。宋代的欧阳修、“三苏”，再加上王安石、曾巩，上面说到的八个人是有名的唐宋八大家，风格各异，皆有独到之处，共同的地方是都惨淡经营。明代的归有光属于正统派、公安派和竟陵派，张岱等属于革新派。共同的地方仍然是惨淡经营。清代的桐城派与八股文似乎有一脉相通之处。这一派的作家字斟句酌，苦心孤诣，其惨淡经营的努力更为突出。以上所谈的都是大家所熟知的事实。

这些惨淡经营派的大家是不是写出来的文章都是美妙绝伦的呢？不是的。这些大家传诵千古的文章多少不等地就那么几篇。原因何在呢？写文章，除了天资或者天才之外，还要勤奋努力，惨淡经营就属于这个范畴。在天才和勤奋之外，还要有灵感。灵感是摸不着看不到的东西，但它确实存在，谁也否定不了。只要有点写文章的经验，就能证明这一点。灵感是无法掌握的，有时它会突然闪现，如电光石火，转瞬即逝。抓住了就能写出好文章。你若硬要它来，却无济于事。据说有的作家能够设法诱发灵感，比如闻一种什么香味之类。英国有一位浪漫诗人，每当闻到烂苹果的香味，就能出现灵感，但是效果恐怕也很有限，否则就篇篇文章都成珠乳了。

上面这一大篇话讲的是惨淡经营的成功者。至于失败者却颇不大容易谈。原因也并不复杂。惨淡经营而失败了，则他们的文章必然是佶屈聱牙，甚至文理不通，既缺思想性，又无艺术性，这样的文章怎能流传下来呢？最突出的例子莫过于八股文。我自己没有写过八股文，没有感性认识。但是从许多书上能够读到当年八股文作者那种简练揣摩、惨淡经营的艰苦情况。但是为什么文章却写不好呢？那种代圣人立言不许说自己话的桎梏把人捆得紧紧的，多大的天才也写不出好文章来。

我在上面简略地谈了谈惨淡经营的两个方面的情况——成功与失败，对其中原因也做了一点分析，我谈到了灵感的问题。现在再对成功的一方面做一点补充，就是，写文章的人要多读书，中国旧日称之为“腹笥”，用今天的大白话来说就是肚子里要有“货”。如果腹中没有货，空空如也，即使再努力惨淡经营，也无济于事，反而会露出马脚，贻笑大方。

上面讲的大多是古代的情况，现在的情况怎样呢？根据我个人肤浅的观察，在中国现代的散文文坛上，松散派和经营派都是有的，而以松散派为多。我这种分派的想法只能说是我个人的管见，肯定会有人反对的，也许还有人赞成。这一切我都不在意，我个人有这种看法，就直截了当地说了出来，一不商権，二不争论。争论是不会有什么结果的。

我不是在写中国现代散文批评史，不必面面俱到，关于松散派我就不再谈了。我现在只谈我所崇尚的经营派。今天中国散文文坛上的经营派，同历史上的一样，有成功者，有失败者。成功者也不是篇篇文章都能成功，失败之作还是居多数的。这种情况不以人的主观愿望为转移。我们这些舞笔弄墨者都有这种经验。历史上许多散文大家，虽然个个著作等身，但是流传下来历代诵读不辍者也不过寥寥几篇。今天的情况也一样。

我不在这里作点将录，但是，为了把问题说明白，我且举一个例子，这个例子就是杨朔。杨朔不是一个多产作家，但是写作态度严肃、认真，极尽惨淡经营之能事，展现精雕细琢之绝活。文章气度不够恢宏，局面较为狭小，然而遣词造句，戮力创新，宛如玲珑剔透的象牙球，令人赞叹。关于杨朔，文坛上争议颇多，有褒之者，有贬之者，两者各走极端。这是古今中外文坛上常见的现象，没有哪一个作者能够获得所有读者的赞扬，杨朔焉能例外。依我个人的管见，在中国现代文学史上，特别是散文史上，杨朔必须占有一个重要的地位。根据我在上面提到的散文创作成功的两个条件，杨朔的腹笥是否充盈，我不得而知。但是，他是有灵感的，有时表现为细微、精致、美妙绝伦的意象，这在别的作家中是极为罕见的。

有几位作家，我想把他们也归入经营派。从谋篇布局上看不出什么特点，但在遣词造句方面，却明显地看出了努力的痕迹。但是，结果怎样呢？有的词句，大概是他们创新的，不幸事与愿违，我们读起来非常别扭，新不新，旧不旧，读了这样的文章，好像是吃了带沙子的米饭，吃在胃中，愁上眉梢，以后再也不敢问津。归纳其中原因，不出我上面说的两条：腹笥贫瘠，又无灵感。不读中国古代的散文佳作，又不涉猎诗、词、歌、赋。至于西方国家的散文名篇，似乎也从不阅读。因此，文章缺少书卷气，又缺少灵气。这些作家个人感觉可能非常良好，然而读者偏不买账，只有孤芳自赏了。

我在上面啰啰唆唆地写了一大篇，真好像古书上所说的："博士买驴，书券三纸，未有'驴'字。"现在该画龙点睛了。绕了那么大的弯子，我无非是想说，卞毓方属于惨淡经营派，而且是成功者。一个人对什么事情，对什么人，都不该抱有先入之见，说得坦率一点，就是偏见。毓方是"文革"期间北京大学语言文学系的毕业生，专修日语。因此，我认定，他在日语方面是专家，写写文章，不过是业余爱好，英文叫 amateur。我读他的散文集《岁月游虹》时，他已经是一位颇有知名度的作家，但是，我仍然固守我的先入之见，珠玉在前，一叶障目，视而不见。在给他那本书写序时，生硬地创造了一个新名词儿——广义的散文。近四五年以来，毓方的散文写得越来越多了，越来越好了，我读得也越来越多了，我顿时感觉到"今是而昨非"，我痛感偏见之可怕，固执之有害。我在本文开头时写到我脸上发烧，心中有点"那个"，其原因就在这里。

说卞毓方的散文属于惨淡经营派，有什么根据吗？有的，而且还不少。我逐渐发现，他对汉字的特点，对汉语炼字炼句的必要与可能，知之甚稔。这种例子，到处可见。就拿《岁月游虹》这个书名来说，不熟悉汉语特点的人能想得出来吗？再拿他一些文章的篇名来看，许多篇名都透露出明显的惨淡经营的痕迹，比如《醉里挑灯看剑》《红尘菩提》，等等。在文章的结构布局方面，他也煞费苦心，这种例子可以举出很多来，读者可以自己去看，我不再举了。在《漫谈散文》中我曾写到，中国古代的诗歌非常重视起头和结尾，那些散文大家也有同样的情况。这情况只需翻一翻最流行的古文选本，比如《古文观止》之类，便能够一目了然。开头要有气势，横空出世，一下笔就能捉住读者的心，让他们非读下去不可。结尾则讲究言有尽而意无穷，让你读完了，久久不能忘怀。结尾好的文章，鲁迅有不少篇。好多年前读宗璞的《哭小弟》，结尾是："小弟，我不哭。"我想作者是痛哭着写下这句话的，读者读了，有哪一个不流泪的呢！这种神来之笔是可遇而不可求的，我所说的灵感就是指这种情况。卞毓方散文中也间有这样的结尾。我只举一个例子。在《北大三老》这篇散文中，结尾是："有一会儿，我又但愿化作先生窗外的一棵树。"这也是神来之笔，是可遇而不可求的。读者稍加体会便能理解。写到这里，我仿佛听到了文坛上的讥笑声："季羡林已经迂腐到了可悲可笑的程度，他在教我们写八股！"我不加辩解，只请求这些人读几篇传世的古文，然后沉思一下，以求得其中三昧。天底下无论做什么事情，不下苦功都是一事无成的。

总之，一句话，我过去是俗话所说的，从窗户棂里看人，把卞毓方看扁了。现在我才知道，毓方之所以肯下苦功夫，惨淡经营而又能获得成功的原因是，他腹笥充盈，对中国的诗文阅读极广，又能融会贯通。此外，他还有一个作家所必须具有的灵感。

这就是我对卞毓方散文的管见，希望能够算得上一得之愚。

2000 年 1 月 24 日

第三辑

宝剑锋从磨砺出

假若我再上一次大学

“假若我再上一次大学”，多少年来我曾反复思考过这个问题。我曾一度得到两个截然相反的答案：一个是最好不要再上大学，“知识越多越反动”，我实在心有余悸。一个是仍然要上，而且偏偏还要学现在学的这一套。后一个想法最终占了上风，一直到现在。

我为什么还要上大学而又偏偏要学现在这一套呢？没有什么堂皇的理由。我只不过觉得，我走过的这一条道路，对己，对人，都还有点好处而已。我搞的这一套东西，对普通人来说，简直像天书，似乎无利于国计民生。然而世界上所有的科技先进国家，都有梵文、巴利文以及佛教经典的研究，而且取得了辉煌的成绩。这一套冷僻的东西与先进的科学技术之间，真似乎有某种联系，耐人寻味。

我们不是提出了弘扬祖国优秀文化，发扬爱国主义吗？这一套天书确实能同这两句口号挂上钩。我举一个具体的例子。

日本梵文研究的泰斗中村元博士在给我的散文集日译本《中国知识人的精神史》写的序中说到，中国的南亚研究原来是相当落后的，可是近几年来，突然出现了一批中年专家，写出了一些水平较高的作品，让日本学者有“攻其不备”之感。这是几句非常有意思的话。实际上，中国梵学学者同日本同行们的关系是十分友好的。我们一没有“攻”，二没有争，只有坐在冷板凳上辛苦耕耘。有了一点成绩，日本学者看在眼里，想在心里，觉得过去对中国南亚研究的评价过时了。我觉得，这里面既包含着“弘扬”，也包含着“发扬”。怎么能说，我们这一套无补于国计民生呢？

话说远了，还是回来谈我们的本题。

我的大学生活是比较长的，在中国念了四年，在德国哥廷根大学又念了五年，才获得学位。我在上面所说的“这一套”就是在国外学到的。我在国内时，对“这一套”就有兴趣，但苦于无机会。到了哥廷根大学，终于找到了机会，我简直如鱼得水，到现在已经坚持学习了将近六十年。如果马克思不急于召唤我，我还要坚持学下去。

如果想让我谈一谈在上大学期间自己收获最大的是什么，那是并不困难的。在德国学习期间有两件事情是我毕生难忘的，这两件事都与我的博士论文有关联。

我想有必要在这里先谈一谈德国的与博士论文有关的制

度。当我在德国学习的时候，德国并没有规定学习的年限。只要你有钱，你可以无限期地学习下去。德国有一个词儿是别的国家没有的，这就是“永恒的大学生”。德国的大学没有空洞的“毕业”这个概念，只有博士论文写成，口试通过，拿到博士学位，这才算是毕了业。

写博士论文也有一个形式上简单而实则极严格的过程，一切决定于教授。在德国的大学里，学术问题是教授说了算。德国的大学没有入学考试，只要高中毕业，就可以进入任何大学。德国学生往往是先入几个大学，过了一段时间以后，自己认为某个大学、某个教授最适合自己，于是才安定下来，在一个大学，从某一位教授学习。先听教授的课，后参加他的研讨班。最后教授认为你“孺子可教”，才会给你一个博士论文题目。再经过几年的努力，收集资料，写出论文提纲，经过教授过目。论文写成的年限没有规定，至少也要三四年，长则漫无限制。拿到题目，十年八年写不出论文，也不是稀见的事。所有这一切都决定于教授，院长、校长无权过问。写论文，他们强调一个“新”字，没有新见解，就不必写文章。见解不论大小，唯新是图。论文题目不怕小，就怕不新。我个人觉得，这是非常重要的一点。只有这样，学术才能“日日新”，才能有进步。否则满篇陈言，东抄西抄，饾饤拼凑，尽是冷饭。虽洋洋数十甚至数百万言，除了浪费纸张、浪费读者的精力以外，还能有什么效益呢?

我拿到博士论文题目的过程，基本上也是这样。我拿到了一个有关佛教混合梵语的题目。我用了三年的时间，搜集资料，写成卡片，又到处搜寻有关图书，翻阅书籍和杂志，看了一百多种书刊，然后整理资料，使之条理化、系统化，写出提纲，最后写成文章。

我在心里琢磨：怎样才能在教授面前露一手儿呢？我觉得那几千张卡片虽然抄写得好像蜜蜂采蜜，极为辛苦，然而却干巴巴的，没有什么文采，或者无法表现文采。于是我想在论文一开始就写上一篇“导言”，这既能炫学，又能表现文采，真是一举两得的绝妙主意。我照此办理，费了很长的时间，写成一篇相当长的“导言”。我自我感觉良好，心里美滋滋的，认为教授一定会大为欣赏，说不定还会夸上几句哩。我先把“导言”送给教授看，回家做着美妙的梦。我等呀，等呀，终于等到教授要见我，我怀着走上领奖台的心情，见到了教授。然而却使我大吃一惊。教授在我的“导言”前画上了一个前括号，在最后画上了一个后括号，笑着对我说：“这篇导言统统不要！你这里面全是华而不实的空话，一点新东西也没有！别人要攻击你，到处都是暴露点，一点防御也没有！”对我来说，这真如晴天霹雳，打得我一时说不出话来。但是，经过自己的反思，我深深地感觉到，教授这一棍打得好，我毕生受用不尽。

第二件事情是，论文完成以后，口试也通过了，学位拿到了手。论文需要从头到尾认真核对，不但要核对从卡片上抄入论文的篇、章、字、句，而且要核对所有引用过的书籍、报刊和杂志。要知道，在三年以内，我从大学图书馆，甚至从柏林的普鲁士图书馆，借过大量的书籍和报刊，耗费了大量的时间，当时就感到十分烦腻，现在再在短期内，把这样多的书籍重新借上一遍，心里要多腻味就多腻味。然而老师的教导不能不遵行，只有硬着头皮，耐住性子，一本一本地借，一本一本地查，把论文中引用的大量出处重新核对一遍，不让它有任何一点错误。

后来我发现，德国学者写好一本书或者一篇文章，在读校样的时候，都是用这种办法来一一仔细核对的。一个研究室里的人，往往都参加看校样的工作。每人一份校样，也可以协议分工。他们是以集体的力量，来保证不出错误。这个法子看起来极笨，然而除此以外，还能有“聪明的”办法吗？德国书中的错误之少，是举世闻名的。有的极为复杂的书竟能一个错误都没有，连标点符号都包括在里面。读过校样的人都知道，能做到这一步，是非常非常不容易的。德国人为什么能做到呢？他们并非都是超人的天才，他们比别人高出一头的诀窍就在于他们的“笨”。我想改几句中国古书上的话：“德国人其智可及也，其笨（愚）不可及也。”

反观我们中国的学术界，情况则颇有不同。在这里有几种情况。中国学者博闻强记，世所艳称。背诵的本领更令人吃惊。过去有人能背诵“四书五经”，据说还能倒背。写文章时，用不着去查书，顺手写出，即成文章。但是记忆力会时不时出点问题的。中国近代一些大学者的著作，若加以细致核对，也往往有引文出错的情况。这是出上乘的错。等而下之，作者往往图省事，抄别人的文章时，也不去核对，于是写出的文章经不起核对。这是责任心不强，学术良心不够的表现。还有更坏的就是胡抄一气。只要书籍文章能够印出，哪管他什么读者！名利到手，一切不顾。我国的书评工作又远远跟不上。即使发现了问题，也往往“为贤者讳”，怕得罪人，一声不吭。在我们当前的学术界，这种情况能说是稀少吗？我希望我们的学术界能痛改这种极端恶劣的作风。

我上了九年大学，在德国学习时，我自己认为收获最大的就是以上两点。也许有人会认为这卑之无甚高论。我不去争辩。我现在年届耄耋，如果年轻的学人不弃老朽，问我有什么话要对他们讲，我就讲这两点。

1991 年 5 月 5 日写于北京大学

研究、创作与翻译并举

这完全是对我自己的总结，因为这样干的人极少。

我这样做，完全是环境造成的。研究学问是我毕生兴趣之所在，我几乎将全部的精力都用在了这上面。但是，在济南高中读书时期，我受到了胡也频先生和董秋芳（冬芬）先生的影响和鼓励，到了清华大学以后，又受到了叶公超先生、沈从文先生和郑振铎先生的奖励，就写起文章来。我写过一两首诗，现在全已逸失。我不愿意写小说，因为我厌恶虚构的东西。因此，我只写散文，六十多年来没有断过。人都是爱虚荣的，我更不能例外。我写的散文从一开始就受到了上述诸先生的垂青，后来又逐渐得到了广大读者的鼓励。我写散文不间断的原因，说穿了，就在这里。有时候，搞那些枯燥死板的学术研究疲倦了，换一张桌子，写点散文，换一换脑筋。就像是磨刀一样，刀磨过之后，重又锋利起来，回头再搞学术研究，精神抖擞，如虎添翼，奇思妙想，纷至沓来，亦人生一乐也。我自知欠一把火，虽然先后成为中国作家协会的会员、理事、顾问，我从来不敢以作家自居。在我眼中，作家是“神圣”的名称，是我崇拜的对象，我哪里敢鱼目混珠呢?

至于搞翻译工作，那完全是出于无奈。我于一九四六年从德国回国以后，我在德国已经开了一个好头的研究工作，由于国内资料缺乏，被迫改弦更张，当时内心极度痛苦。我是一个闲不住的人，除了搞行政工作外，我必须找点工作干，我指的是写作工作。写散文，我没有那么多真情实感要抒发。我主张散文是不能虚构的，不能讲假话，硬往外挤，卖弄一些花里胡哨的辞藻，我自谓不是办不到，而是耻于那样做。想来想去，眼前只有一条出路，就是搞翻译。我从德国的安娜·西格斯的短篇小说译起，一直扩大到梵文和巴利文文学作品。最长最重要的一部翻译作品是印度两大史诗之一的《罗摩衍那》。这一部翻译作品的产生是在我一生最倒霉、精神最痛苦的时候。当时“文革”还没有结束，我虽然已经被放回家中，北京大学的“黑帮大院”已经解散，每一个“罪犯”都回到自己的单位，群众专政，监督劳改，但是我头上那一摞莫须有的帽子，似有似无，似真似假，还沉甸甸地压在那里。我被命令掏大粪，浇菜园，看楼门，守电话，过着一个“不可接触者”的日子。我枯坐于门房中，除了传电话，分发报纸、信件以外，实在闲得无聊。我心里琢磨着找一件会拖得很长，但又绝对没有什么结果的工作，以消磨时光，于是就想到了长达两万颂的《罗摩衍那》。从文体上来看，这部大史诗不算太难，但是个别地方还是有困难的。在当时，这部书在印度有不同语言的译本，印度以外还没有听说有全译本，连英文版也只有一个编译本。我碰到困难，无法解决，只有参考也并不太认真的印地文译本。当时极“左”之风尚未全息，读书重视业务，被认为是“修正主义”。何况我这样一个半犯人的人，焉敢公然在门房中摊开梵文原本翻译起来，旁若无人。这简直是在太岁头上动土，至少也得挨批斗五次。我哪里有这个勇气！于是我晚上回家，把梵文译为汉文散文，写成小纸条，装在口袋里。白天枯坐在门房中，脑袋里不停地思考，把散文改为有韵的诗。我被进一步解放后，又费了一两年的时间，终于把全书的译文整理完。后来时来运转，受到了改革开放之惠，我的译作被人民文学出版社全文出版，这是我事前绝对没有妄想过的。

我常常想，如果没有“文革”，如果我没有成为“不可接触者”，则必终日送往迎来，忙于行政工作，《罗摩衍那》是绝对翻译不出来的。有人说：“坏事能变成好事，信然矣。”人事纷纭，因果错综，我真不禁感慨系之了。

“总结”暂时写到这里。有几点需要说明一下：

第一，这本书是以回忆我这一生六七十年来的学术研究的内容为主轴线来写作的，它不是一般的自述，连不属于狭义的学术研究范围的文学创作和文学翻译，都不包括在里面。目的无它，不过求其重点突出、线索分明而已。但是，考虑到文学创作与文学翻译、学术研究工作毕竟是紧密相连的，所以在“总结”的最后又加上了一节。

第二，我的自述本来打算而且也应该写到一九九七年的。但是，正如我在前面说到过的那样，我是越老工作干得越多，文章写得也多，头绪纷繁，一时难以搜集齐全，“自述”写起来也难，而且交稿有期，完成无日。考虑了好久，终于下定决心，一九九四年以后的“学术回忆录”以后再写，现在暂时告一段落。

第三，按理说，“自述”写到哪一年，“总结”也应该做到哪一年。可是，事实上，却难以做到，“自述”可以戛然而止，而“总结”则难以办到。许多工作是有连续性的。“总结”必须总结一个全过程，不能说停就停。因此，同这部自述不能同步进行，“总结”一直写到眼前。将来“自述”写到一九九七年时，“总结”不必改动，还会是适合的、有用的。

第四，“总结”的目的是总结经验和教训。我这一生活得太长，活干得太多，于是经验和教训就内容复杂，头绪纷纭。我虽然绞尽了脑汁，方方面面，都努力去想。但是，我却一点把握也没有，漏掉的东西肯定还会有的。在今后继续写“学术自述”的过程中，只要我想到还有什么遗漏，我在“自述”暂告——只能暂告，我什么时候给生命画句号，只有天知道——结束时，我还会补上的。

1997年

研究学问的三个境界

王国维在他著的《人间词话》里说了一段话：

古今之成大事业大学问者，必经过三种之境界："昨夜西风凋碧树，独上高楼，望尽天涯路。"此第一境也。"衣带渐宽终不悔，为伊消得人憔悴。"此第二境也。"众里寻他千百度，蓦然回首，那人正在，灯火阑珊处。"此第三境也。

尽管王国维同我们在思想上有天渊之别，他之所谓"大学问""大事业"，也跟我们了解的不完全一样。但是这一段话的基本精神，我们是可以同意的。

现在我就根据自己的一些经验和体会来解释一下王国维的这一段话。

"昨夜西风凋碧树，独上高楼，望尽天涯路。"意思是：在秋天里，夜里吹起了西风，碧绿的树木都凋谢了。树叶子一落，一切都显得特别空阔。一个人登上高楼，看到一条漫长的路，一直引到天边，不知道究竟有多么长。王国维引用这几句词，形象地说明了一个人立志做一件事情时的情景。志虽然已经立定，但是前路漫漫，还看不到什么具体的东西。

说明第二个境界的那几句词引自欧阳修的《蝶恋花》。王国维只是借用那两句话来说明：在工作中，努力奋斗，刻苦钻研，日夜不停，坚持不懈，以致身体瘦削，连衣裳的带子都显得松了。但是，他（她）并不后悔，仍然勇往直前，不顾自己的憔悴。

在三个境界中，这可以说是关键。根据我自己的体会，立志做一件事情以后，必须有这样的精神，才能成功。无论是在对自然的斗争中，还是在阶级斗争中，要想找出规律，来进一步推动工作，都是十分艰巨的事情。就拿我们从事教育和科学研究工作的人来说吧，搞自然科学的，既要进行细致深入的实验，又要积累资料。搞社会科学的，必须积累极其丰富的资料，并加以细致的分析和研究。在工作中，会遇到层出不穷的意想不到的困难，我们一定要坚忍不拔，百折不回，绝不容许有任何侥幸求成的想法，也不容许徘徊犹豫。只有这样，才能取得最后的成功。

工作是艰苦的，工作的动力是什么呢？对王国维来说，工作的动力也许只是个人的名山事业。但是，对我们来说，动力应该是建设社会主义社会和共产主义社会。所以，我们今天的工作动力同王国维所处的时代比起来，真有天渊之别了。

所谓不顾身体的瘦削，只是形象的说法，我们绝不能照办。在王国维所处的时代，这样说是可以的。但是到了今天，我们既要刻苦钻研，又要锻炼身体。一马与万马的关系必须正确处理。

此外，我们既要自己钻研，同时也要兢兢业业地向老师学习。打一个不太确切的比喻，老师和学生　教　学，就好像是接力赛跑，一棒传一棒，跑下去，最后到达目的地。我们之所以要尊师，就是因为老师在一定意义上是跑前一棒的人。一方面，我们要从他手里接棒；另一方面，我们一定会比他跑得远，这就是所谓“青出于蓝，而胜于蓝”。

说明第三个境界的词引自辛弃疾的《青玉案·元夕》。意思是：到处找他（她），也不知道找了几百遍几千遍，只是找不到。猛一回头，那人原来就在灯火不太亮的地方。中国旧小说中常见的“踏破铁鞋无觅处，得来全不费工夫”，表达的也是这个意思。王国维引用这几句词，来说明获得成功的情形。一个人既然立下大志做一件事情，于是就苦干、实干、巧干。但是什么时候才能成功呢？对于这个问题大可以不必过分考虑。只要努力干下去，而方法又对头，干得火候够了，成功自然就会到你身边来。

这三个境界，一般说来，是与实际情况相符的。就王国维所处的时代来说，他在科学研究方面所获得的成绩是极其辉煌的。他这一番话，完全出自亲身的体会和经验，因此才这样具体而生动。

到了今天，社会大大地进步了，我们的学习条件大大地改善了，我们的学习动力也完全不一样了，我们都应该立下雄心大志，一定要艰苦奋斗，攀登科学的高峰。

1959 年 7 月

重视文化交流

对于文化产生的问题，我是一个文化产生多元论者。换句话说就是，文化不是世界上哪一个民族单独创造出来的。世界上民族众多，人口有多有少，历史有长有短，但是基本上都对人类文化有所贡献，虽然贡献大小不同，水平也参差不齐。而且，我认为，文化有一个特点：它一旦被创造出来，自然而然地就会通过人类的活动进行交流。因此，文化交流，无时不在，无地不在，它是推动人类社会前进的主要动力之一。

我对文化交流重要性的议论，在我的很多文章中和发言里都可以找到。我对中外交流的研究，其范围是相当广的，其时间是相当长的。我的重点当然是中印文化交流史，这与我的主要研究课题——印度古代的佛教梵语——有关。我的研究还旁及中国与波斯和其他一些国家的文化交流。就连我多年来兀兀穷年搞的貌似科技史之类的课题，其重点或者中心依然是文化交流史。

1997 年

抓住一个问题终生不放

根据我个人的观察，一个学人往往集中一段时间，钻研一个问题，搜集极勤，写作极苦。但是，文章一旦写成，就把注意力转向另外一个题目，已经写成和发表的文章就不再注意，甚至逐渐遗忘了。我自己没有这个毛病。我往往抓住一个题目，得出了结论，写成了文章，但我并不把它置诸脑后，而是念念不忘。我举几个例子。

我于一九四七年写过一篇论文《浮屠与佛》，用汉语和英语发表。但是限于当时的条件，其中包括外国研究水平和资料，文中有几个问题勉强得到解决，自己并不满意，耿耿于怀者垂四十余年，一直到一九八九年，我得到了新材料，又写了一篇《再谈“浮屠”与“佛”》，解决了那一个悬而未决的问题，心中极喜。最令我欣慰的是，原来看似极大胆的假设竟然得到了证实，心中颇沾沾自喜，对自己的研究更增强了信心。觉得自己的“假设”确够“大胆”，而“求证”则极为“小心”。

第二个例子是关于佛典梵语中 -aip>0 和 u 的几篇文章。一九九四年我在德国哥廷根写过一篇论文，谈这个问题，引起了国际上一些学者的注意。有人，比如美国的艾泽顿，在他的巨著《混合梵文文法》中多次提到这个音变现象。他在作品中最初坚决反对，提出了许多假说，但又前后矛盾，不能自圆其说，最后，半推半就，被迫承认，却又不干净利落，窘态可掬，因此引起了我对此人的鄙视。回国以后，我连续写了几篇文章，对艾泽顿加以反驳，但在我这方面，我始终没有忘记进一步寻找证据，进 步探索。这些情况我在上面的叙述中都已经谈到过。由于资料缺乏，一直到了一九九〇年，距一九四四年已经过了四十六年，我才又写了一篇比较重要的论文《新疆古代民族语言中语尾 -aip>u 的现象》。在这里，我用了大量的新资料，证明了我第一篇论文的结论完全正确，无懈可击。

这样的例子还能举出一些来。但是，我觉得，这两个也就够了。我之所以不厌其烦地谈论这个问题，是因为我看到有一些学者，在某一个时期集中精力研究一个问题，成果一出，立即罢手。我不认为这是正确的做法。学术问题，有时候一时难以下结论，必须锲而不舍，终生以之，才可能得到越来越精确可靠的结论。有时候，甚至全世界都承认其为真理的学说，时过境迁，还有人提出异议。听说，国外已有学者对达尔文的“进化论”提出了不同的看法。我认为，这不是坏事，而是好事，真理的长河是永远流逝不停的。

1986 年 9 月 12 日写完

搜集资料必须有“竭泽而渔”的气魄

对研究人文社会科学的人来说，资料是最重要的。在旧时代，虽有一些类书之类的书籍，可供搜集资料之用，但作用毕竟有限。一些饱学之士主要靠背诵和记忆。后来有了索引（亦称引得），范围也颇小。到了今天，可以把古书输入电脑，这当然方便多了，但是已经输入电脑的书，为数还不太多，以后会逐渐增加的。到了大批的古书都能输入电脑的时候，搜集资料，竭泽而渔，便易如反掌了。那时候的工作重点便由搜集转为解释，工作也不能说是很轻松的。

我这一生，始终从事人文社会科学的研究工作。我搜集资料始终还是靠老办法、笨办法、死办法。只有一次尝试利用电脑，但可以说是毫无所得，大概是那台电脑出了毛病。因此，我只能用老办法，一直到我前几年集中精力写《糖史》时，还是靠自己一页一页地搜寻的办法。关于这一点，我在上面已经谈到过，这里不再重复了。

不管用什么办法，搜集资料绝不能偷懒，绝不能偷工减料，形象的说法就是要有“竭泽而渔”的魄力。在电脑普遍使用之前，真正做到百分之百的竭泽而渔，是根本不可能的。但是，我们至少也必须做到广征博引，巨细不遗，尽可能地把能搜集到的资料都搜集在一起。科学研究工作没有什么捷径，一靠勤奋，二靠个人的天赋，而前者尤为重要。我个人认为，学者的大忌是仅靠手边一点搜集到的资料，就茫然地做出重大的结论。我生平有多次经验，或者毋宁说是教训，我对一个问题做出了结论，甚至沾沾自喜，认为是不刊之论。然而，多半是出于偶然的机会，又发现了新资料，证明我原来的结论是不全面的，有时甚至是错误的。因此，我时时提醒自己，千万不要重蹈覆辙。

总之，一句话：搜集资料越多越好。

1997 年

勤奋、天才（才能）与机遇

人类的才能，每个人都有所不同，这是大家都看到的事实，不能不承认的。但是有一种特殊的才能一般人称之为“天才”。有没有“天才”呢？似乎还有点争论，有些不同的看法。“文革”期间，有一度曾大批“天才”，但其时所批“天才”，似乎与我现在讨论的“天才”不是一回事。根据我六七十年来的观察和思考，有些“天才”是否定不了的，特别在音乐和绘画方面。你能说贝多芬、莫扎特不是音乐天才吗？即使不谈“天才”，只谈才能，人与人之间也是相差悬殊的。就拿教梵文来说，在同一个班上，一年教下来，学习好的学生能够教学习差的而有余。有的学生就是一辈子也跳不过梵文这个龙门。这情形我在国内外都见到过。

拿做学问来说，天才与勤奋的关系究竟如何呢？有人说：“九十九分勤奋，一分神来（属于天才的范畴）。”我认为，这个百分比应该纠正一下。七八十分的勤奋，二三十分的天才

（才能），我觉得更符合实际一点。我丝毫也没有贬低勤奋的意思。无论干哪一行的，没有勤奋，都将一事无成。我只是感到，如果没有才能而只靠勤奋，一个人发展的极限是有限度的。

现在，我来谈一谈天才、勤奋与机遇的关系问题。我记得六十多年前在清华大学读西洋文学时，读过一首英国诗人托马斯·格雷的诗，题目大概是叫《墓地哀歌》，诗的内容，我差不多都忘了，只有一句还记得："在墓地埋着的可能有莎士比亚。"意思是说，有像莎士比亚那样的天才，老死穷乡僻壤间。换句话说，他没有得到"机遇"，天才白白浪费了。上面讲的也许有张冠李戴的可能，如果有的话，请大家原谅。

总之，我认为，"机遇"（一般人可能把它叫作"命运"）是无法否认的。一个人一辈子做事，读书，不管是干什么，其中都有"机遇"的成分。我自己就是一个活生生的例子。如果"机遇"不垂青，我至今还恐怕是一个识字不多的贫农，也许早已离开了这个世界。我不是"王半仙"或"张铁嘴"，我不会算卦、相面，我不想来解释"机遇"这个问题，那是超出我的能力的事。

1997 年

满招损，谦受益

这本来是中国的一句老话，来源极古，《尚书·大禹谟》中已经有了，以后历代引用不辍，一直到今天，还经常挂在人们嘴上。可见此话道出了一个真理，经过将近三千年的检验，益见其真实可靠。

这话适用于干一切工作的人，做学问何独不然？可是，怎样来解释呢？

根据我自己的思考与分析，满（自满）只有一种：真。假自满者，未之有也。吹牛皮，说大话，那不是自满，而是骗人。谦（谦虚）却有两种，一真一假。假谦虚的例子，真可以说是俯拾即是。故做谦虚状者，比比皆是。中国人的“菲酌”“拙作”之类的词，张嘴即出。什么“指正”“斧正”“哂正”之类的送人自己著作的谦辞，谁都知道是假的；然而谁也必须这样写。这种谦辞已经深入骨髓，不给任何人留下任何印象。日本人赠人礼品，自称“粗品”者，也属于这一类。这种虚伪的谦虚不会使任何人受益。西方人无论如何也是不能理解的。为什么拿“菲酌”而不拿盛宴来宴请客人？为什么拿“粗品”而不拿精品送给别人？对西方人来说简直是一个谜。

我们要的是真正的谦虚，做学问更是如此。如果一个学者，不管是年轻的，还是中年的、老年的，觉得自己的学问已经够大了，没有必要再继续学习了，他就不会再有进步。事实上，不管你搞哪一门学问，绝不会搞得一点问题也没有。人即使能活上一千年，也是办不到的。因此，在做学问上谦虚，不但表示这个人有道德，也表示这个人是实事求是的。康有为说过，他年届三十，天下学问即已学光。仅此一端，就可以证明，康有为不懂什么叫学问，现在有人尊他为“国学大师”，我认为是可笑的。他至多只能算是一个革新家。

在当今中国的学坛上，自视甚高者，所在皆是，而真正虚怀若谷者，则绝无仅有。我不认为这是一个好现象。有不少年轻的学者，写过几篇论文，出过几册专著，就傲气凌人。这不利于他们的进步，也不利于中国学术前途的发展。

我自己怎样呢？我总觉得自己不行。我常常讲，我是样样通，样样松。我一生勤奋不辍，天天都在读书写文章，但一遇到一个必须深入或更深入钻研的问题，就觉得自己知识不够，有时候不得不临时抱佛脚。人们都承认，有自知之明极难。有时候，我却觉得，自己的“自知之明”过了头，不是虚心，而是心虚了。因此，我从来没有自满过。这当然可以说是一个好现象。但是，我又遇到了极大的矛盾，我觉得真正行的人也如凤毛麟角。我总觉得，好多学人不够勤奋，天天虚度光阴。我经常处在这种心理矛盾中。别人对我的赞誉，我非常感激，但是，我并没有被这些赞誉冲昏了头脑，我的头脑是清楚的。我只劝大家，不要全信那些赞誉我的话，特别是那些高得惊人的帽子，我更是受之有愧。

1997 年

我的考证

我在前面叙述中，甚至在“总结”的“学术研究发展的轨迹——由考证到兼顾义理”中，都谈到了考证，但仍然觉得意犹未尽，现在再补充谈一谈“我的考证”。

考证并不是什么神秘的东西，把它捧到天上去，无此必要；把它贬得一文不值，也并非实事求是的态度。清代的那些考据大师，穷毕生之力，从事考据，给我们带来了极大的好处，好多古书，原来我们读不懂，或者自认为读懂而实未懂，通过他们对音训词句的考据，我们能读懂了。这难道说不是极大的贡献吗？即使不是考据专家，凡是从事人文社会科学研究工作的学者，有时候会引证一些资料，对这些资料的真伪迟早都要进行一些必要的考证工作。这些几乎近于常识的事情，不言而喻。因此，我才说，考证不是什么神秘的东西，而且考证之学不但中国有，外国也是有的。科学研究工作贵在求真，而考据正是达到这个目的的手段，焉能分什么国内国外？

至于考证的工拙精粗，完全决定于你的学术修养和思想方法。少学欠术的人，属于马大哈一类的人，是搞不好考证工作的。死板僵硬，墨守成规，不敢越前人雷池一步的人，也是搞不好考证工作的。在这里，我又要引用胡适先生的两句话：“大胆的假设，小心的求证。”假设，胆越大越好。哥白尼敢于假设地球能转动，胆可谓大矣。然而只凭大胆是不行的，必须还有小心的求证。求证，越小心越好。这里需要的是极广泛搜集资料的能力，穷极毫末分析资料的能力，坚韧不拔、锲而不舍的精神，然后得出的结论才能比较可靠。

在考证方面，在现代中外学人中，我最佩服的有两位：一位是我在德国的太老师吕德斯，一位是我在中国的老师陈寅恪先生。他们两位确有共同的特点。他们能在一般人都能读到的普通的书中，发现别人看不到的问题，从极平常的一点切入，逐步深入，分析细致入微，如剥春笋，层层剥落，越剥越接近问题的核心，最后画龙点睛，一笔点出关键，也就是结论，简直如“石破天惊逗秋雨”，匪夷所思，然而又铁证如山。此时我简直如沙漠得水，酷暑饮冰，凉沁心肺，毛发直竖，不由得五体投地。

上述两位先生都不是为考证而考证，他们的考证中都含有“义理”。我在这里使用“义理”二字，不是清人所谓的“义理”，而是通过考证得出规律性的东西，得出在考证之外的某一种结论。比如 Heinrich Luders 通过考证得出，古代印度佛教初起时，印度方言林立，其中东部有一种古代半摩揭陀语，有一部用这种方言纂成的所谓“原始佛典”（Urkanon），当然不可能是一部完整的大藏经，颇有点类似中国的《论语》。这本来是常识一类的事实。然而当今反对这个假说的人，一定把 Urkanon 理解为“完整的大藏经”，真是不可思议。陈寅恪先生的考证文章，除了准确地考证史实之外，都有近似“义理”的内涵。他特别重视民族与文化的问题，这也是大家所熟悉的。我要郑重声明，我绝不是抹杀为考证而考证的功绩。钱大昕考出中国古无轻唇音，并没有什么“义理”在内，但却是不刊之论，这是没有人不承认的。类似的例子还可以举出不少来，足证为考证而考证也是有其用处的、不可轻视的。

但是，就我个人而言，我的许多考证的文章，却只是手段，而不是目的。比如，我考证出汉语中的“佛”字是 pat，but 的音译。根据这一个貌似微末的事实，我提出了佛教如何传入中国的问题。我自认是平生得意之作。

1997 年

学术良心或学术道德

“学术良心”，好像以前还没有人用过这样一个词，我就算是“始作俑者”吧。但是，如果“良心”就是儒家孟子一派所讲的“人之初，性本善”中的“性”的话，我是不信这样的“良心”的。人和其他生物一样，其“性”就是“食、色，性也”的“性”，其本质是一要生存，二要温饱，三要发展。人的一生就是同这种本能做斗争的一生。有的人胜利了，也就是说，既要自己活，也要让别人活，他就是一个合格的人。让别人活的程度越高，也就是为别人着想的程度越高，他的“好”，或“善”，也就越高。“宁教我负天下人，休教天下人负我”，是地道的坏人，可惜的是，这样的人在古今中外并不少见。有人要问：“既然你不承认人性本善，你这种想法是从哪里来的呢？”对于这个问题，我还没有十分满意的解释。《三字经》上的两句话“性相近，习相远”中的“习”字似乎能回答这个问题。

一个人过了幼稚阶段，有意识地或无意识地会感到，人类必须互相依存，才能活下去。如果一个人只想到自己，或都是绝对地想到自己，那么，社会就难以存在，结果谁也活不下去。

这话说得太远了，还是回头来谈“学术良心”或者学术道德。学术涵盖面极大，文、理、工、农、医，都是学术。人类社会不能无学术，无学术，则人类社会就不能前进，人类福利就不能提高，每个人都是想日子越过越好的，学术的作用就在于能帮助人达到这个目的。人家常说，学术是老老实实的东西，不能掺半点假。通过个人努力或者集体努力，老老实实地做学问，得出的结果必须是实事求是的。这样做，就算是有学术良心。剽窃别人的成果，或者为了沽名钓誉创造新学说或新学派而篡改研究真相，伪造研究数据，这是地地道道的学术骗子。在国际上和我们国内，这样的骗子亦非少见。这样的骗局绝不会隐瞒很久的，总有一天真相会大白于天下的。许多国家都有这样的先例。真相一旦暴露，不齿于士林，因而自杀者也是有过的。这种学术骗子，自古已有，可怕的是于今为烈。我们学坛和文坛上的剽窃大案，时有所闻，我们千万要引以为戒。

这样明目张胆的大骗当然是绝不允许的。还有些偷偷摸摸的小骗，也不能不引起我们的戒心。小骗局花样颇为繁多，举其荦荦大者，有以下诸种：在课堂上听老师讲课，在公开学术报告中听报告人讲演，平常阅读书刊杂志时读到别人的见解，认为有用或有趣，于是就自己写成文章，不提老师的或者讲演者的以及作者的名字，仿佛他自己就是首创者，用以欺世盗名，这种例子也不是稀见的。还有的人，别人在谈话中告诉了他一个观点，他也据为己有，这都是没有学术良心或者学术道德的行为。

我可以无愧于心地说，上面这些大骗或者小骗，我都从来没有干过，以后也永远不会干。

我在这里补充几点梁启超在他所著的《清代学术概论》中谈到的清代正统派的学风的几个特色："隐匿证据或曲解证据，皆认为不德。""凡采用旧说，必明引之，剿说认为大不德。"这同我在上面谈的学术道德（梁启超的"德"）完全一致。可见清代学者对学术道德之重视程度。

此外，梁启超在书中还举了一点特色："孤证不为定说。其无反证者姑存之。得有续证，则渐信之。遇有力之反证则弃之。"

1997 年

我和外国文学

要想谈我和外国文学，简直像“一部十七史”，不知从何处谈起。

我从读小学时开始学习英语，年龄大概只有十岁吧。当时我还不大懂什么是文学，只朦朦胧胧地觉得外国文章很好玩而已。记得当时学英语是课余的活动，时间是在晚上。现在留在我的记忆里的只是在夜课后，在黑暗中，走过一片种满了芍药花的花畦，紫色的芍药花同绿色的叶子化成了一个颜色，清香似乎扑入鼻官。从那以后，在几十年的漫长的岁月中，学习英语总同美丽的芍药花联系在一起，成为美丽的回忆。

到了初中，继续学习英语。学校环境异常优美，紧靠大明湖，一条清溪流经校舍。到了夏天，杨柳参天，蝉声满园。后面又是百亩苇绿，十里荷香，简直是人间仙境。我们的英语教员水平很高，我们写的作文，他很少改动，而是一笔勾销，自己重写一遍。用力之勤，可以想见。从那以后，我学习英语又同美丽的校园和一位古怪的老师联系在一起，也算是美丽的回忆吧。

到了高中，我已经十五六岁了，仍然继续学英语，又开始学习德语。到了此时，才开始对外国文学产生兴趣。但是这个启发不是来自英语教员，而是来自国文教员。高中前两年，我上的是山东大学附设高中。国文教员王崑玉先生是桐城派古文作家，自己出版过文集，后来到山东大学做了讲师。我们学生写作文，当然都用文言文，而且尽量模仿桐城派的调子。不知怎么，我的作文竟受到他的垂青。“亦简劲，亦畅达”之类的评语常常见到，这对于我是极大的鼓励。高中最后一年，我上的是山东省立济南高中。经过了五卅惨案，学校地址变了，空气也变了，国文老师换成了董秋芳（冬芬）、夏莱蒂、胡也频，等等，都是有名的作家。胡也频先生只教了几个月，就被国民党通缉，逃到上海，不久壮烈牺牲。后来是董秋芳先生教我们。他是北京大学英语系毕业的，曾翻译过一本短篇小说集《争自由的波浪》，鲁迅为此书写了序言。他同鲁迅通过信，通信全文都收在《鲁迅全集》中。他虽然教国文，却是外国文学出身，在教学中自然会讲到外国文学。我此时写作文都改用白话，不知怎么一来，我的作文又受到董老师的垂青。他对我大加赞誉，有一次他在作文的评语中写道，我与同级同学王峻岭（后来考入北京大学数学系）是全班、全校之冠。这对一个十七八岁的青年来说，是极大的鼓励。从那以后，虽然我思想还有过波动，也只能算是小插曲。我学习文学（其中当然包括外国文学）的决心，就算是确定下来了。

在这个时期，我曾从日本东京丸善书店订购过几本外国文学的书。其中一本是英国作者吉卜林的短篇小说。我曾着手翻译过其中的一篇，似乎没有译完。当时一本洋书值几块大洋，够我一个月的饭钱。我节衣缩食，存下几块钱，写信到日本去订书，书到了，又要跋涉十几里路到商埠去“代金引换”。看到新书，有如贾宝玉得到通灵宝玉，心中的愉快，无法形容。总之，我的兴趣已经确定，这也就确定了我以后学习和研究的方向。

考上清华大学以后，在选择科系的时候，不知是由于什么原因，我曾经一阵心血来潮，想改学数学或者经济学。要知道我高中读的是文科，几乎没有学过数学。入学考试数学分数不到十分。这样的成绩想学数学岂非滑天下之大稽！愿望当然落空。一度冲动之后，我的心情立即平静下来，还是老老实实、安分守己地学外国文学吧。

清华大学西洋文学系，实际上是以英国文学为主，教授不管是哪一国人，都用英语讲课。但是又有一个古怪的规定：学习英、德、法三种语言中任何一种，从一年级学到四年级，就叫什么语的专门化。德语和法语从字母学起，而大一的英语一开始就念 J. 奥斯丁的《傲慢与偏见》，可见英语的专门化同法语和德语的专门化，完全是不可同日而语的。四年的课程有文艺复兴文学、中世纪文学、现代长篇小说、莎士比亚、欧洲文学史、中西诗之比较、英国浪漫诗人、中古英文、文学批评，等等。教大一英语的是叶公超，后来当了国民党的官员。教大二英语的是毕莲（Miss Bille），教现代长篇小说的是吴可读（英国人），教中西诗之比较的是吴宓，教中世纪文学的是吴可读，教文艺复兴文学的是温特（Winter），教欧洲文学史的是翟孟生（Jameson），教法语的是 Holland 小姐，教德语的是杨丙辰、艾克（Ecke）、石坦安（Von den Steinen）。这些外国教授的水平都不怎么样，看来都不是正途出身，有点儿野狐谈禅的味道。这样，我花了四年的时间学习这些知识，却收获甚微。我还选了一些其他课，像朱光潜的文艺心理学、陈寅恪的佛经翻译文学、朱自清的陶渊明诗等，也曾旁听过郑振铎和谢冰心的课。这些课程水平都高，至今让我忆念难忘的还是这些课程，而不是上面提到的那些"正课"。

从上面的选课中可以看出，我在清华大学四年，兴趣是相当广的，语言、文学、历史、宗教几乎都涉及了。我是德语专门化的学生，从大一一直念到大四，最后写论文还是用英语，题目是 *The Early Poems of Hölderlin*，指导教师是艾克。论文的具体内容我已经记不清楚，大概水平是不高的。在这期间，除了写作散文以外，我还翻译了德莱塞的《旧世纪还在新的时候》，屠格涅夫的《玫瑰是多么美丽，多么新鲜呵》，史密斯的《蔷薇》，杰克逊的《代替一篇春歌》，马奎斯的《守财奴自传序》，索洛古勃的一些作品，荷尔德林的一些诗，其中《玫瑰是多么美丽，多么新鲜呵》《代替一篇春歌》《蔷薇》等几篇发表了，其余的大概都没有刊出，连稿子现在都没有了。

此时我的兴趣集中在西方的所谓"纯诗"上。但是也有分歧。纯诗主张废弃韵律，我则主张诗歌必须有韵律，否则叫什么名称都行，只是不必叫诗。泰戈尔是主张废除韵律的，他的道理没能说服我。我最喜欢的诗人是法国的魏尔兰、马拉梅和比利时的维尔哈伦等。魏尔兰主张：首先是音乐，其次是明朗与朦胧相结合。这符合我的口味。但是我反对现在的所谓"朦胧诗"。我总怀疑这是"英雄欺人"，以艰深文浅陋。文学艺术都必须要人了解，如果只有作者一个人了解（其实他自己也不见得就了解），那何必要文学艺术呢？此外，我还喜欢英国的所谓"形而上学诗"。在中国，我喜欢的是六朝骈文，唐代的李义山、李贺，宋代的姜白石、吴文英，都是唯美的，讲求辞藻华丽的。这个嗜好至今仍在。

在这四年期间，我同吴雨僧（吴宓）先生接触比较多。他主编天津《大公报》的一个副刊，我有时候写点书评之类的文章给他发表。我曾到燕京大学夜访郑振铎先生，同叶公超先生也有接触，他教我们英语，喜欢英国散文，正投我所好。我写散文，也翻译散文。曾有一篇《年》发表在与叶公超有关的《学文》上，受到他的鼓励，也碰过他的钉子。我常常同几个同班同学访问雨僧先生的藤影荷声之馆。有名的“水木清华”之匾就挂在工字厅后面。我也曾在月夜绕过工字厅走到学校西部的荷塘小径上散步，亲自领略朱自清先生的《荷塘月色》中描绘的那种如梦如幻的仙境。

我在清华大学时就已开始对梵文产生兴趣。旁听陈寅恪先生的佛经翻译文学课程更加深了我的兴趣。但由于当时没有人教梵文，所以空有这个愿望而不能实现。一九三五年深秋，我到了德国哥廷根，才开始师从瓦尔德施密特教授学习梵文和巴利文，后又师从西克教授学习吠陀和吐火罗文。梵文文学作品只在授课时作为语言教材来学习。第二次世界大战爆发以后，瓦尔德施密特被征从军，西克以耄耋之年出来代他授课。这位年老的老师亲切和蔼，恨不得把自己的一切学问和盘托出来，交给我这个异域的青年。他先后教了我吠陀、《大疏》、吐火罗语。在文学方面，他教了我比较困难的檀丁的《十王子传》。这一部用艺术诗写成的小说实在非常古怪。开头一个复合词长达三行，把一个需要一章来描写的场面细致地描绘出来了。我回国以后之所以翻译《十王子传》，起因就是这样形成的。当时我主要是研究混合梵文，没有余暇来搞梵文文学，好像是也没有兴趣。在德国十年，没有翻译过一篇梵文文学著作，也没有写过一篇论梵文文学的文章。现在回想起来，也似乎从来没有想到要研究梵文文学。我的兴趣完完全全转移到语言方面，转移到吐火罗文方面去了。

一九四六年回国，我到北京大学工作。我兴趣最大、用力最勤的佛教梵文和吐火罗文的研究，由于缺少起码的资料，已无法进行。我当时有一句口号："有多大碗，吃多少饭。"意思是说，国内有什么资料，我就做什么研究工作。巧妇难为无米之炊。不管我多么不甘心，也只能这样了。我就是在这种情况下翻译文学作品的。新中国成立初期，我翻译了德国女小说家安娜·西格斯的短篇小说。西格斯的小说，我非常喜欢。她以女性特有的异常细致的笔触，描绘反法西斯的斗争，实在是优秀的短篇小说家。后来我又翻译了迦梨陀娑的《沙恭达罗》和《优哩婆湿》，翻译了《五卷书》和《佛本生故事》中的几篇。直至此时，我还并没有立志专门研究外国文学。我用力最多的还是中印文化关系史和印度佛教史。我努力看书，积累资料。二十世纪五十年代，我曾想写一部《唐代中印关系史》，提纲都已写成，可惜因循未果。

前面我谈了六十年来我和外国文学打交道的经过。原来不知从何处谈起，可是一谈，竟然也谈出了不少的东西。记得有人说过，只要塞给你一支笔，几张纸，出一个题目，你必然能写出东西来。我现在竟成了佐证。可是要说写得好，那可就不见得了。

究竟怎样评价我这六十年中对外国文学的兴趣和所取得的成绩呢？我现在谈一谈别人的评价。一九八〇年，我访问联邦德国，同分别了将近四十年的老师瓦尔德施密特教授会面，心中的喜悦之情可以想见。那时期，我翻译的《罗摩衍那》才出版了一本，我就带了去送给老师。我万万没有想到，他板起脸来，很严肃地说："我们是搞佛教研究的，你怎么弄起这个来了！"我了解老师的心情，他是希望我在佛教研究方面能多做出些成绩。他哪里能了解我的处境呢？我一无情报，二无资料，我是不得已而为之的。只是到了最近五六年，我两次访问联邦德国，两次访问日本，同外国的渠道逐渐打通，同外国同行通信、互赠著作，才有了一些条件，从事我那有关原始佛教语言的研究，然而人已垂垂老矣。

前几天，我刚从日本回来。在东京时，以东京大学名誉教授中村元博士为首的一些日本学者为我举办了一次演讲会。我讲的题目是《和平和文化》。在致开幕词时，中村元把我送给他的八大本汉译《罗摩衍那》提到会上，向大家展示。他大肆吹嘘了一通，说什么世界名著《罗摩衍那》外文译本完整的，在过去一百多年内只有英文，汉文译本是第二个全译本，有重要意义。日本、美国、苏联等国都有人在翻译，汉译本对日文译本会有极大的鼓励作用和参考作用。

中村元教授同瓦尔德施密特教授的评价完全相反。但是我绝不因瓦尔德施密特的评价而沮丧，也绝不因中村元的评价而发昏。我认识到翻译这本书的价值，也认识到自己工作的不足。由于别的研究工作过多，今后这样大规模的翻译工作大概不会再干了。难道我和外国文学的缘分就从此终结了吗？绝不是的。我目前考虑的有两件工作：一是翻译一点儿《梨俱吠陀》的抒情诗，这方面的介绍还很不够；二是读一点古代印度文艺理论的书。我深知外国文学在我们国家精神文明建设中的重要性，也深知我们研究的深度和广度都有待大大地提高。不管我其他工作多么多，我的兴趣多么杂，我绝不会离开外国文学这一块阵地的，永远也不会离开。

1986年5月31日

我是怎样研究起梵文来的

我是怎样研究起梵文来的？这确实是一个很有意思的问题。对于这个问题，我过去没有考虑过。我考虑得最多的反而另一个问题：如果我现在能倒转回去五十年的话，我是否还会走上今天这样一条道路？然而，对于这个问题，我的答复一直是摇摇摆摆，不太明确。这里就先不谈它了。

我现在只谈我是怎样研究起梵文来的。我在大学念的是西方文学，以英文为主，辅之以德文和法文。当时清华大学虽然规定了一些必修课，但是学生还可以自由选几门外系的课。我大概从一开始就是一个杂家，爱好的范围很广。我选了不少外系的课。其中之一就是朱光潜先生的“文艺心理学”。另一门是陈寅恪先生的“佛经翻译文学”。后者以《六祖坛经》为课本。我从来就不相信任何宗教，但是对于佛教却有浓厚的兴趣。因为我知道，中国同印度有千丝万缕的文化关系，很想了解一下，只是一直没有得到机会。陈先生的课开阔了我的眼界，增强了我的兴趣。我曾同几个同学拜谒陈先生，请他开梵文课。他明确答复，他不能开。在当时看起来，我在学习梵文方面就算是绝了望。

但是，天底下的事情偶然性有时是会起作用的。大学毕业后，我在故乡的高中教了一年国文。一方面因为不结合业务，另一方面我初入社会，对有一些现象看不顺眼，那一只已经捏在手里的饭碗大有摇摇欲坠之势，我的心情因而非常沉重。天无绝人之路，忽然来了一个偶然的机会，我有了到德国去学习的机会。德国对梵文的研究，是颇有一点名气的，历史长，名人多，著作丰富，因此对我有很大的吸引力。各国的梵文学者很多是德国培养出来的，连印度也不例外。有了这样一个机会，我那藏在心中很多年的夙愿一旦满足，喜悦之情是无法形容的。

到了德国，入哥廷根（Gottingen）大学从瓦尔德施密特教授学习梵文和巴利文。他给我出的论文题目是关于印度古代俗语语法变化，从此就打下了我研究佛教混合梵文的基础。苦干了五年，论文通过、口试及格。由于战争，回国有困难，被迫留在那个小城里。瓦尔德施密特教授应召从军。他的前任西克教授年届八旬，早已退休。这时就出来担任教学工作。实际上只有我一个学生。西克教授是闻名全世界的研究吐火罗文的权威人士。费了几十年的精力把这种语言读通了的就是他。这位老人，虽然年届耄耋，但是待人亲切和蔼，对我这个异邦的青年更是寄托着极大的希望。他再三敦促我跟他学习吐火罗文和吠陀。我却不过他的美意，就开始学习。这时从比利时来了一个青年学者，专门跟西克教授学习吐火罗文。到了冬天，大雪蔽天，上完课以后，往往已到黄昏时分。我怕天寒路滑，老人路上危险，经常亲自陪西克先生回家。我扶着他走过白雪皑皑的长街，到了他家门口，看着他的背影消失在薄暗中，然后才回家。此景此情，到现在已相距四十年，每次忆及，温暖还不禁涌上心头。

当时我的处境并不美妙。在自己的祖国，战火纷飞，几年接不到家信，“烽火连三月，家书抵万金”。没有东西吃，天天饿得晕头转向，头顶上时时有轰炸机飞过，机声震动全城，仿佛在散布着死亡。我看西克先生并不在意，每天仍然坐在窗前苦读不辍，还要到研究所去给我们上课。我真替他捏一把汗，但是他自己却处之泰然。这当然会影响我。我也在机声嗡嗡、饥肠辘辘中终日伏案，置生死于度外，焚膏油以继晷，同那些别人认为极端枯燥的死文字拼命，一转眼就过去了几个年头。

如果有人要问，我这股干劲是从哪里来的？这确实是一个比较复杂的问题，三言两语是说不清楚的。简单地列出几条，也难免有八股之嫌。我觉得，基础是对这门学科的重要性的认识。但是，个人的兴趣与爱好也不可缺少。我在大学时就已经逐渐认识到，研究中国思想史、佛教史、艺术史、文学史等，如果不懂印度这些方面的历史，是很难取得成绩的。中印两国人民有着长期的文化交流、友好往来的历史传统。这个传统需要我们继承与发展。个人的兴趣与爱好是与这个认识有联系的，但又不是完全决定于这个认识。一个人如果真正爱上了一门学科，那么，日日夜夜的艰苦劳动，甚至对身体的某些折磨，都会欣然忍受，不以为意。

此外，我还想通过对这方面的研究把中国古代在这方面的光荣传统发扬光大。人们大都认为梵文的研究在中国是一门新学问。从近代的情况来看，这种看法确实是正确的。宋朝以后，我们同印度的来往逐渐减少。以前作为文化交流中心的佛教，从十一二世纪开始，在印度慢慢衰微，甚至消亡。西方殖民主义东来以后，两国的往来更是受到阻拦。往日如火如荼的文化交流早已烟消火灭。两国人民都处在水深火热中，什么梵文研究，当然是谈不上了。

但是，在宋代以前，特别是在唐代，情况却完全是另一个样子。在当时，我们研究梵文的人数是比较多、水平是比较高的。印度以外的国家能够同我们并驾齐驱的还不多。可惜时过境迁，沧海桑田，不但印度朋友对于这一点不清楚，连我们自己也不甚了了。

新中国成立以后，我曾多次访问印度。印度人民对于中国人民的热情，深深地打动了我的心。很多印度学者也积极地探讨中印两国文化交流的历史，从而从历史上来论证两国人民友好的必要性和必然性。但是，就连这些学者也不了解中国过去对梵文研究有过光荣的传统。因此，我们还有说明解释的必要。前年春天，我又一次访问印度，德里大学开会欢迎我，我在致辞中谈到中印文化交流的历史比我们现在一般人认为的要早得多。到了海德拉巴，奥斯马尼亚大学又开会欢迎我。看来这是一个全校规模的大会，副校长（实际上就是校长）主持并致欢迎辞。他在致辞中要我讲一讲中国的教育与生产劳动相结合的问题。我乍听之下大吃一惊：这样一个大题目我没有准备怎么敢乱讲呢？我临时灵机一动，换了一个题目，就是中国研究梵文的历史。我讲到，在古代，除了印度以外，研究梵文历史最长、成绩最大的是中国。这一点中外人士注意的不多。我举出了很多的例子。在《大慈恩寺三藏法师传》里有一段讲梵文语法（声明）的记载。唐智广的《悉昙字记》是讲梵文字母的。唐义净的《梵语千字文》是很有趣的一部书，它用中国的老办法来讲梵文，它只列举了大约千把个单词：天、地、日、月、阴、阳、圆、距、昼、夜、明、暗、雷、电、风、雨，等等，让学梵文的学生背诵。义净在序言中说："不同旧《千字文》。若兼《悉昙章》读梵本，一两年间，即堪翻译矣。"我们知道，梵文是同汉语完全不同的语言，语法变化异常复杂，只学习一些单词，就能胜任翻译吗？但是，义净那种乐观的精神，我是非常欣赏的。此外还有唐全真的《唐梵文字》和唐礼言集的《梵语杂名》，这是两部类似字典的书籍。《唐梵文字》同《梵语千字文》差不多，《梵语杂名》是按照分类先列汉语，后列梵文，不像现在的字典一样按照字母顺序这样可以方便查阅。但是，用外国文字写成的梵文字典这部书恐怕要归入“最早的”之列了。

至于唐代学习梵文的情况，我们知道得并不多。《续高僧传》卷四《玄奘传》说：“（玄奘）顿迹京辇，广就诸蕃，遍学书语，行坐寻授，数日便通。”可见玄奘是跟外国人学习印度语言的。大概到了玄奘逝世后几十年的义净时代，学习条件才好了起来。我在前面已经讲到，义净等人编了一些学习梵语的书籍，这对学习梵语的和尚会有很大的帮助。对于这些情况，义净在他所著的《大唐西域求法高僧传》中有所叙述。《玄奘传》说：“以贞观年中乃于大兴善寺玄证师处，初学梵语。”《师鞭传》说：“善禁咒，闲梵语。”《大乘灯传》说：“颇闲梵语。”《道琳传》说：“到东印度耽摩立底国，住经三年，学梵语。”《灵运传》说：“极闲梵语。”《大津传》说：“泛舶月余，达尸利佛逝洲。停斯多载，解昆仑语，颇习梵书。”贞固等四人“既而附舶，俱至佛逝，学经三载，梵汉渐通”。义净讲到的这几个和尚，有的是在中国学习梵文，有的是在印度尼西亚学习梵文。总之，他们到印度之前，对梵文已经有所了解了。

上面简略地叙述了中国唐代研究梵文的情况，说明梵文研究在中国源远流长，并不是什么新学问，我们今天的任务是继承和发扬，其中当然也还包含着创新，这是不言而喻的。

我们今天要继承和发扬的，不仅仅在语言研究方面，在其他方面，也有大量的工作可做。我们都知道，翻译成中国各族语言的印度著作，主要是佛教经典，车载斗量，汗牛充栋。这里面包括汉文、藏文、蒙文、满文，以及古代的回鹘文、和阗文、焉耆文、龟兹文，等等。即使是佛典，其中也不仅仅限于佛教教义，有不少的书是在佛典名义下的自然科学，比如天文学和医学等。印度人民非常重视这些汉译的佛典，认为这都是自己的极宝贵的文化遗产，可惜在他们本国早已绝迹，只存在于中国的翻译中。他们在几十年以前就计划从汉语再翻译回去，译成梵文。我在新中国成立初访问印度的时候，曾看到过他们努力的成果，前年到印度，知道这工作还在进行，可见印度人民对待这件工作的态度是严肃认真的，精神是令人钦佩的。我们诚挚地希望他们会进一步取得更大的成绩。我们中国人民对于这个文化宝库也应当做出相应的努力，认真进行探讨与研究。今天世界上许多国家，比如欧美的学术比较发达的国家和东方的日本，在这方面的研究工作无不成绩斐然。相形之下，我们由于种种原因显然有点落后了。如不急起直追，则差距将越来越大，到了“礼失而求诸野”的时候，就将追悔莫及了。

此外，在中国浩如烟海的史籍中，有大量的有关中国与南亚、东南亚、西亚、非洲各国贸易往来、文化交流的资料。这是世界上任何国家都比不上的，是人类的瑰宝。其中关于印度的资料特别丰富、特别珍贵。这些资料也有待于我们的搜罗、整理、分析与研究。有一个非常可喜的现象，这就是，近些年来，印度学者越来越重视这方面的研究，写出了一些水平较高的论文，翻译了不少中国的资料。有人提出，要写一部完整的中印文化关系史。他们愿意同中国学者协作，为了促进中印两国人民的传统友谊，加强两国人民的互相了解而共同努力。我觉得，我们在这方面也应当当仁不让，把这方面的研究工作开展起来。

至于怎样进行梵文和与梵文有关的问题的研究，我的体会和经验都是老生常谈，卑之无甚高论。我觉得，首先还是要认识这种研究工作的重要意义。在这个前提下，持之以恒，锲而不舍，不怕任何困难，终会有所成就。一部科学发展史充分证明了一个事实：只有努力苦干、争分夺秒、不怕艰苦攀登的人，才能登上科学的高峰。努力胜于天才，刻苦超过灵感，这就是颠扑不破的真理。如果脑袋里总忘不掉什么八小时工作制，朝三暮四，松松垮垮，那就什么事情也做不成。古人说："一寸光阴一寸金，寸金难买寸光阴。"谁要是不懂珍惜时间，那就等于慢性自杀。当然，我们也不能忘记：“一张一弛，文武之道也。”会工作，还要会休息，要处理好工作与休息的辩证关系，紧张而又有节奏地生活下去，工作下去。

在这里，我还想讲一点个人的经历。我在国外研究的主要是印度古代的俗语和佛教混合梵文。最后几年也研究了点吐火罗文。应该说，我对这些学科产生了浓厚的兴趣。但是，回国以后，连最起码的书刊资料都没有。古人说：“巧妇难为无米之炊。”何况我连一个“巧妇”也够不上！俗话说：“有多大碗，吃多少饭。”我只有根据碗的大小来吃饭了。换句话说，我必须改行，至少是部分地改行。我于是就东抓西挠，看看有什么材料，就进行什么研究。几十年来，我成了一个名副其实的杂家。有时候，我也发点思旧之幽情，技痒难忍，搞一点从前搞过的东西。但是，一旦遇到资料问题，明知道国外出版了一些新书，却是可望而不可即。只好长叹一声，把手中的工作放下。其中酸甜苦辣的滋味，诚不足为外人道也。

这样就可以回到我在本文开始时提到的那个问题：如果现在能倒转回去五十年的话，我是否还会走上今天这样一条道路？我为什么会提出这样一个看起来似乎非常奇怪的问题，现在大概大家都明白了。这个问题本身就包含着一点惋惜、一点追悔、一点犹疑、一点动摇，还有一点牢骚。我之所以一直有这样一个问题，一直又无法肯定地予以答复，就因为我执着于旧业，又无法满足愿望。明知望梅难以止渴，但有梅可望比无梅不是更好一些吗？现在情况已经有了改变，祖国天空里的万里尘埃已经廓清，四化的金光大道已经辉煌灿烂地摆在我们眼前。我们西北一带——新疆和甘肃等地区出土古代语文残卷的佳讯时有所闻。形势真有点逼人啊！这些古代语文或多或少都与梵文有点关系。不加强梵文的研究，我们就会像患了胃病的人，看到满桌佳肴，却无法下箸。加强梵文和西北古代语文的研究已刻不容缓，这正是我们努力的大好时光。困难当然还会有的，而且可能还很大，但是克服困难的可能性已经存在。倘若我现在再对自己提出前面说的那个问题，那么我的答复是非常明确、绝不含糊的：如果现在能够倒转回去五十年的话，我仍然要走这样一条道路。

1980年2月26日写毕

我和外国语言

我学外国语言是从英语开始的。当时我只有十岁，是高小一年级的学生。现在回忆起来，英语大概还不是正式课程，是在夜校中学习的。时间好像并不长，只记得晚上下课后，走过一片芍药栏，当然是在春天里，其他情节都记不清楚了。

当时最使我苦恼的是所谓“动词”，to be 和 to have 一点也没有动的意思呀，为什么竟然叫作动词呢？我问过老师，老师说不清楚，问其他人，当然更没有人说得清楚了。一直到很晚很晚，我才知道，把英文 verb（拉丁文 verbum）译为“动词”是不够确切的，容易给初学西方语言的小学生造成误会。

我万万没有想到，学了一点英语，小学毕业后报考中学时竟然派上了用场。考试的其他课程和情况，现在完全记不清楚了。英语题目出的是汉译英，只有三句话：“我新得到了一本书，已经读了几页，但是有几个字我不认识。”我大概是译出来了，只是“已经”这个单词我还没有学过，当时颇伤脑筋，耿耿于怀了若干时日。我报考小学时，曾经因为认识一个“骡”字，被破格编入高小一年级。比我年纪大的一个亲戚，因为不认识这个字，被编入初小三年级。一个字给我争取了一年。现在又因为译出了这几句话，被编入春季始业的一个班，占了半年的便宜。如果我也不认识那个“骡”字，或者我在小学没有学英语，则我从那以后的学历都将推迟一年半，不知道会产生什么样的后果。人生中偶然出现的小事往往起很大的作用，难道不是非常清楚吗？不相信这一点是不行的。

在中学时，英语列入正式课程。在我两年半的初中阶段，英语课是怎样进行的，我已经忘记了。我只记得课本是《泰西五十轶事》《天方夜谭》《莎氏乐府本事》《拊掌录》，好像还念过 Macaulay 的文章。老师的姓名都记不清楚了。只记得，初中毕业后，因为是春季始业，又在原中学念了半年高中。在这半年中，英语教员是郑又桥先生。他给我留下了深刻的印象。听口音，他是南方人，英语水平很高，发音很好，教学也很努力。只是他有吸鸦片的习惯，早晨起得很晚，往往上课铃声响了以后，还不见先生来临。班长不得不到他的住处去催请。他有一个很特别的习惯，学生的英语作文，他不按原文来修改，而是在开头处画一个前括弧，在结尾处画一个后括弧，说明整篇文章作废，他自己重新写一篇文章。这样，学生得不到多少东西，而他自己则非常辛苦，改一本卷子，恐怕要费很多时间。别人觉得很怪，他却乐此不疲。对这样一位老师是不大容易忘掉的。过了二十年以后，当我经过了高中、大学、教书、留学等阶段，从欧洲回到济南时，我访问了我的母校，几乎所有以前的老师都已离开了人世，只有郑又桥先生一个人孤零零地住在临大明湖的高楼上。我见到他，我们俩彼此都非常激动，这实在是我万万没有想到的事。他住的地方，南望千佛山影，北望大明湖十里碧波，风景绝佳。可是这位孤独的老人似乎并不能欣赏这绝妙的景色。从那以后，我再没有见到他，想他早已经不在人世了。

我们那一些十几岁的中学生也并不老实。来一个新教员，我们往往要试他一试，看他的本领如何。这大概也算是一种少年心理吧。我们当然想不出什么高招来“测试”教员。有一年换了一位英语教员，我们都觉得他不怎么样。于是在字典里找了一个短语 by the by。其实这也不是多么稀见的短语，可我们当时从来没有读到过，觉得很深奥，就拿去问老师。老师没有回答出来，脸上颇有愧色。我们一走，他大概是查了字典，下一次见到我们，说：“你们大概是从字典上查来的吧？”我们笑而不答。幸亏这位老师颇为宽宏大量，后来并没有对我们打击报复。

在这时候，我除了在学校里学英语外，还在每天晚上到尚实英文学社去学习。校长叫冯鹏展，是广东人，说一口带广东腔的蓝青官话。他住的房子非常大，前面一进院子是学社占用。后面的大院子是他全家的居所。前院有四五间教室，按年级分班。教我的老师除了冯老师以外，还有钮威如老师、陈鹤巢老师。钮老师满脸胡须，身体肥胖，用英语教我们历史。陈老师则是翩翩公子，衣饰华美。看来这几个老师英语水平都不差，教学也都努力。每到秋天，我都能听到从后院传来的蟋蟀的鸣声。原来冯老师最喜欢养蟋蟀，山东人名之曰蛐蛐儿，嗜之若命，每每不惜重金，购买佳种。我自己当时也养蛐蛐，常常随同院里的大孩子到荒山野外蔓草丛中去捉蛐蛐，捉到了一只好的，则大喜若狂。我当然没有钱来买好的，只不过随便玩玩而已。冯老师却肯花大钱，据说斗蛐蛐有时也下很大的赌注，不是随便玩玩的。

在这里用的英语教科书已经不能全部回忆出来。只有一本我忆念难忘，这就是 Nesfield 的文法，我们称之为《纳氏文法》，当时我觉得非常艰深，因而对它非常崇拜。到了后来，我才知道，这是英国人专门写来供殖民地人民学习英语之用的。不管怎样，这本书给我提供了很多有用的资料。像这样内容丰富的语法，我后来没有再见过。

尚实英文学社，我上了多久，已经记不起来，大概总有几年之久。学习的成绩我也说不出来，大概还是非常有用的。到了我到北园白鹤庄去上山东大学附设高中的时候，我的英语水平已经在班里名列榜首。当时教英语的教员共有三位，一位姓刘，名字忘了，只记得他的绰号，一个非常不雅的绰号。另一位姓尤名桐。第三位姓和名都忘了，这位很不受学生欢迎。我们闹了一次小小的学潮——考试都交白卷，把他赶走了。我当时是班长，颇伤了一些脑筋。刘、尤两位老师却都受到了学生的尊敬，师生关系一直是非常好的。

在北园高中，我开始学了点德文。老师姓孙，名字忘记了。他长得宽额方脸，嘴上留着两撇像德皇威廉第二世的胡须，除了鼻子不够高以外，简直像个德国人。我们用的课本是山东济宁天主教堂编的书，实在很不像样子，他就用这个本子教我们。他是胶东口音，估计他在德国占领青岛时在一个德国的洋行里干过活，学会了德文。但是他的德语实在不高明，特别是发音，非常蹩脚。他把 gut 这个字念成“古吃”。有一次上堂时他满面怒容，说有人笑话他的发音。我心里想，那个人并没有错，然而孙老师却忿忿然，义形于色。他德语虽不高明却颇为风雅，他自己出钱印过一册十七字诗，比如有一首是嘲笑一只眼的人：

发配到云阳，
见舅如见娘，
两人齐下泪，

三行！

诸如此类，是中国民间文学的一种形式，严格地说就是民间蹩脚文人的创作，足证我们孙老师的欣赏水平并不怎么高。总之，我们似乎只学了一学期德语，我只学会了几个单词，并没有学好，也不可能学好。

到了一九二八年，日寇占领了济南，我失学一年。从一九二九年夏天起，我入了山东省立济南高中，据说这是当时山东全省唯一的一所高中。此时的山东省立济南高中名义上是国民党统治，但是实权却多次变换，有时候，仍然掌握在地方军阀手中。比起山东大学附设高中来，多少有了一些新气象。《书经》《诗经》不再念了，作文都用白话文，从前是用文言文的。我在这里念了一年书，国文教员个个都给我的印象很深，因为都是当时文坛上的名人，但英语教员却都记不清楚了。高中最后一年用的什么课本我也记不起来了。可能是《格里弗游记》之类。我还能清晰地回忆起来的是几次英语作文课。我记得有一次作文题目是讲我们学校。我在作文中描绘了学校大门外的斜坡，大门内向上走的通道，以及后面图书馆所在的楼房。自己颇为得意，也得到了老师的高度赞扬。我们的英语课一直用汉语授课，我们既不大能说，也不大能听。这是当时山东中学一个普遍的缺点，同京、沪、津一些名牌中学比较起来，我们显然处于劣势。这大大地影响了考入名牌大学的概率。

此时已经到了一九三〇年的夏天，我从高中毕业了。我断断续续学习英语已经十年了，还学了一点德语。要问有什么经验没有呢？应该有一点，但并不多。曾有一度，我想把整部英语词典都背下来，以为这样一来，就再没有不认识的单词了。我确实也下过功夫去背，但坚持了一段时间之后，我就觉得有好多单词实在太冷僻，没有用处，于是采用另外一种办法：凡是在词典上查过的词都用红铅笔在字下画一条横线，表示这个词查过了。但是过了不久，又查到这个词，说明自己忘记了。这个办法有一点用处，它可以给我敲一下警钟：查过的词怎么又查呢？可是有的词一连查过几遍还是记不住，说明敲警钟的效果也不大理想。现在的中学生要比我们当时聪明得多，他们恐怕不会背词典了。阿门！阿弥陀佛！

不管怎么样，高中毕业了，下一步是到北京投考大学。山东有一所山东大学，但是本省的学生都是这山望着那山高，不大愿意报考本省的大学，一定要“进京赶考”。我们这一届高中有八十多个毕业生，几乎都到了北京。当年报考名牌大学，其困难程度要远远超过今天。拿北京大学、清华大学来说，录取的学生恐怕不到报名的十分之一。据说有一个山东老乡报考北京大学、清华大学，考过四次，都名落孙山。我们考的那一年他是第五次报考了，名次并不比孙山高。看榜后，神经顿时错乱，走到西山，昏迷漫游了四五天，才清醒过来，回到城里，从此回乡，再也不考大学了。

入学考试，英语是必须考的。以讲英语出名的清华大学，英语科目的题出得并不难，有一篇作文，题目忘记了；还有一篇改错之类的东西。不以讲英语著名的北京大学出的题目却非常难，作文之外有一篇汉译英，题目是李后主的词：

别后春半，触目愁肠断，砌下落梅如雪乱，拂了一身还满。

有的同学连汉语原文都不十分了解，更何况译成英语！顺便说一句，北京大学的国文作文题也非常古怪，那一年的题目是："何谓科学方法，试分析详论之。"这样一个题目也很够一个中学毕业生作的。北京大学的古怪之处还不在这里。各门学科考完之后，忽然宣布要加试英语听写（dictation），这对我们实在是当头一棒。我们在中学没有听写过英语。我大概由于单词记得多了一点，只要能听懂几个单词，就有办法了。记得老师念的是一段寓言。其中有狐狸，有鸡，只有一个词——suffer，我临阵惊慌，听懂了，但没有写对。其余大概都对了。考完之后，山东同学面带惊慌之色，奔走相告，几乎完全是丈二和尚摸不着头脑。大家都知道，这一加试，录取的希望就十分渺茫了。

我很侥幸，北京大学、清华大学都录取了我。当时处心积虑地想出国留学。在这方面，清华大学比北京大学条件要好。我决定入清华大学西洋文学系。这个系有一套详细的教学计划，课程有古希腊拉丁文学、中世纪文学、文艺复兴文学、英国浪漫诗人、近代长篇小说、文艺评论、莎士比亚、欧洲文学史等。教授有中国人、英国人、美国人、德国人、波兰人、法国人、俄国人，但统统用英语授课。我们中学时没有听英语的练习。教大一英语的是美国小姐毕莲女士（Miss Bilk）。头几堂课，我只听到她咽喉里咕噜咕噜地发出声音，"剪不断，理还乱"，却一点也听不清单词。我在中学曾以英语自负，到了此时却落到这般地步，不啻当头一棒，悲观失望了好多天，幸而逐渐听出了个别的单词，仿佛能"剪断"了，大概不过用了几个星期，终于大体听懂了，算是渡过了学英语的生平第一难关。

清华大学有一个古怪的规定：学英、德、法三种语言之一，从第一年X语，学到第四年X语者，谓之X语专门化（specialized in X）。实际上法语、德语完全不能同英语等量齐观。法语、德语都是从字母学起，教授都用英语讲授，而所谓第一年英语一开始就念简·奥斯汀的《傲慢与偏见》。其余所有的课也都用英语讲授。所以这三个专门化是十分不平等的。

我选的是德语专门化，学了四年德语。从表面上来看，四年得了八个E（Excellent，最高分，清华大学分数是五级制），但实际上水平并不高。教第一年和第二年德语的是当时北京大学德语系主任杨丙辰（震文）教授。他在德国学习多年，德文大概是好的，曾翻译了一些德国古典名著，比如席勒的《强盗》等。他对学生也从来不摆教授架子，平易近人，常请学生吃饭。但是作为一个教员，他却是极端不负责任的。他教课从字母教起，教第一个字母 a 时，说："a 是丹田里的一口气。"初听之下，也还新鲜。但 b、c、d 等，都是丹田里的一口气，学生就窃窃私语了："我们不管它是否是丹田里的一口气，我们只想把音发得准确。"从此，"丹田里的一口气"就传为笑谈。

杨老师的家庭生活也非常有趣。他工资相当高，推算起来，可能有现在教授的十几倍。不过在北洋军阀时期，常常拖欠工资，国民党统治前期，稍微好一点，到了后期，什么法币、什么银圆券、什么金圆券一来，钞票几乎等于手纸，教授们的生活就堪忧了。杨老师据说兼五个大学的教授，每月收入可达上千元银圆。我在大学念书时，每月饭费只需六元，就可以吃得很好了。可见他的生活是相当优裕的。他在北大沙滩附近有一处大房子，服务人员有一群，太太年轻貌美，天天晚上看戏捧戏子，一看就知道，他们是一个非常离奇的结合。杨老师的人生观也很离奇，他信一些奇怪的东西，更推崇佛家的"四大皆空"。把他的人生哲学应用到教学上就是极端不负责任，游戏人间，逢场作戏而已。他打分数，也是极端不负责任。我们一交卷，他连看都不看，立刻把分数写在卷子上。有一次，一个姓陈的同学，因为脾气黏黏糊糊，交了卷，站着不走。杨老师说：“你嫌少吗？”立即把 S（superior，第二级）改为 E。

我就是在这样的情况下学习德语的。高中时期孙老师教的那一点德语早已交还了老师，杨老师又是这样来教，可见我的德语基础是很脆弱的。第二年仍然由他来教，前两年可以说是轻松愉快，但不踏实。

第三年是石坦安先生（Von den Steinen，德国人）教，他比较认真，要求比较严格，因此这年我学了不少东西。第四年换了艾克（G.Ecke，号锷风，德国人）。他又是一个马马虎虎的先生。他工资很高，又独身一人，在城里租了一座王府居住。他自己住在银安殿上，仆从则住在前面一个大院子里。他搜集了不少的中国古代名画。他在德国学的是艺术史，因此对艺术很有兴趣，也懂行。他曾在厦门大学教过书，鲁迅的著作中曾提到过他。他用德语写过一部《中国的宝塔》，在国外学术界颇得好评，但是他作为一个德语教员，则只能算是一个蹩脚的教员。他对教书心不在焉。他平常用英语授课，有一次我们曾请求他用德语讲，他立刻哇啦哇啦讲一通德语，其快如悬河泻水，最后用德语问我们，“VeretehenSieetwasdavon？”我们摇摇头，想说“Wirverstehennichtsdavon”，但说不出来，只好还说英语。他说道：“既然你们听不懂，我还是用英语讲吧！”我们虽不同意，然而如哑巴吃黄连，有苦说不出，课程就照旧进行下去了。

但是他对我却产生了极大的影响。他喜欢德国古典诗歌，最喜欢荷尔德林和普拉滕。我受了他的影响，也喜欢起荷尔德林来。我的学士论文 *The Early Poems of Hölderlin*，就是在他的影响下写的，他是指导教授。当时我大概对荷尔德林不会了解得太多、太深。论文的内容我记不清楚了，恐怕是非常肤浅的。我当时的经济情况很困难，有一次写了几篇文章，拿了点稿费，特别向德国订购了荷尔德林的豪华本的全集，此书我珍藏至今，念了一些，但不甚了了。

除了英语和德语外，我还选了法语。教员是德国小姐 Madmoiselle Holland，中文名叫华兰德。当时她已发白如雪，大概有一把子年纪了。她是独身，性情有些反常，有点乖戾，要用医学术语来说，她恐怕是个迫害狂。在课堂上专以骂人为乐。如果学生的答卷非常完美，她挑不出毛病来借端骂人，她的火气就更大，简直要勃然大怒。最初选她的课的人很多，过了没有多久，就被她骂走了一多半。只剩下我们几个不怕骂的仍然留下，其中有华罗庚同志。有一次把我们骂得实在火了，我们商量了一下，对她予以反击，结果大出意料，她屈服了，从此天下太平。她还特意邀请我们到她的住处（现在北京大学南门外的军机处）去吃了顿饭。可见师徒间已经化干戈为玉帛，揖让进退，海宇澄清了。

我还旁听过俄文课。教员是一个白俄，名字好像是陈作福，个子极高，一个中国人站在他身后，从前面看什么都看不见。他既不会英语，也不会汉语，只好用现在很时髦的“直接教学法”，然而结果并不理想，我只听到讲 Qca^HTentMKa_cTa（请您说！），其余则不甚了了。我旁听的兴趣越来越低，终于不再听了。大概只学了一些生词和若干句话，我第一次学习俄语的过程就此结束了。

我上面谈到，我虽然号称德语专门化，然而学习并不好。可是我偏偏得了四年高分。当我一九三四年毕业后，不得已而回到母校济南高中当了一年国文教员。之后，清华大学与德国学术交流处订立了交换研究生的合同，我报名应考，结果被录取了。我当年舍北京大学而趋清华大学的如意算盘终于真正实现了，我能到德国去留学了。对我来说，这真是天大的喜事。

可是我的德语水平不高，我看书大概是没有问题的，听、说则全无训练。到了德国，吃了德国面包，也无法立刻改变。我到德国学术交流处去报到的时候，一个女秘书含笑对我说：“Lange Re-ise！”（长途旅行呀！）我愣里愣怔，竟没有听懂。我留在柏林，天天到柏林大学外国语学院专为外国人开的德语班去学习了六周，到了深秋时分，我被分配到哥廷根大学去学习。我对于这个在世界上颇为著名的大学什么都不清楚。第一学期，我还没有决定好究竟学习哪一个学科。我随便选了一些课，因为交换研究生选课不用付钱，所以我尽量多选，我每天要听课六七个小时。选的课我不一定都有兴趣，我也不能全部听懂。我的目的其实是通过多听课提高自己的听的能力。我当时听德语的水平非常低，因为以前从来没有听过，这情况我在前面已经谈过。新中国成立后，我们的外语教育，不管还有多少不能令人满意的地方，其水平和认真的态度是新中国成立前无论如何也比不上的，这一点现在的青年不一定都清楚。因此我在这里说上几句。

我还利用另一种方式来提高自己的听说能力，这就是同我的女房东谈话。德国的大学没有学生宿舍，学生住宿的问题学校根本不管，学生都住民房。我的女房东文化水平不高，她喜欢说话，唠唠叨叨，每天晚上到我屋里来收拾床铺，她都要说上一大套，把自己一天的经历都说一遍。别人大概都不爱听，我却是求之不得，正好利用这个机会来练习听力。我的女房东可以说是一位很好的德语教员，可惜我既不付报酬，她自己也不知道讨报酬，她成了我的义务教员。

到了第二学期，我偶然看到瓦尔德施密特教授开梵文课的告示。我大喜过望，立刻选了这门课。我在清华大学时，曾经想学梵文，但没有老师教，只好作罢。现在有了这样一个机会，我怎能放过呢？学生只有三个：一个乡村里的牧师、一个历史系的学生、我。瓦尔德施密特教授的教学方法是德国通常使用的。德国十九世纪一位语言学家主张，教学生外语，比如教学生游泳，把学生带到游泳池旁，一下子把他推下去，如果淹不死，他就学会游泳了。具体的办法是：尽快让学生自己阅读原文，语法由学生自己去钻，不在课堂上讲解。这种办法对学生要求很高。短短的两节课往往要准备一天，其效果我认为是好的：学生的积极性完全调动起来了。他要同原文硬碰硬，不能依赖老师，他要自己解决语法问题。只有实在解不通时，教授才加以辅导。

德国大学有一个奇特的规定：要想考哲学博士学位，必须选三个系——一个主系，两个副系。对我来说，主系是梵文，这是已经定了的。一个副系是英语，这可以减轻我的负担。至于另一个副系的选择，则费了一番周折。有一个时期，我曾经想把阿拉伯语作为我的副系。我学习了大约三个学期的阿拉伯语。从第二学期开始就念《古兰经》。我很喜欢这部经典著作，语言简练典雅，不像佛经那样累赘重复，语法也并不难。但在念过两个学期以后，我忽然又改变了想法，我想将斯拉夫语言作为我的第二副系。按照德国大学的规定，将斯拉夫语言作副系，必须学习两种斯拉夫语言，只有一种不行。于是，我在俄语之外，又选了南斯拉夫语。

教俄语的老师是一个曾在俄国居住过的德国人，俄语等于是他的母语。他的教法同其他德国教员一样，是采用把学生推入游泳池的办法。俄语课每周两次，每次两小时，德国的学期短，然而我们却在第一学期内，读完了一册俄语教科书，其中有单词、语法和简单的会话，又念完果戈理的小说《鼻子》。我最初念《鼻子》的时候，俄语语法还没有学多少，只好硬着头皮翻字典。往往是一个字的前一半字典上能查到，后一半则不知所云，因为后一半是表变位或变格变化的。而这些东西，我完全不清楚，往往一个上午只能查两行，其痛苦可想而知。但是不知怎么了，好像做梦一般，在一个学期内，我毕竟把《鼻子》全念完了。下学期念契诃夫的剧本《万尼亚舅舅》的时候，我觉得轻松多了。

南斯拉夫语由主任教授 Prof.Braun 亲自讲授。他只让我看了一本简单的语法书，然后就进入阅读原文的阶段。有了学习俄语的经验，我拼命翻字典。南斯拉夫语同俄语很相近，只在发音方面有自己的特点，有升调和降调之别。在欧洲语言中，这是很特殊的。我之所以学南斯拉夫语，完全是为了应付考试。我的兴趣并不大，可以说也没有学好。大概念了两个学期，就算结束了。

谈到梵文，这是我的主系，必须全力以赴。我上面已经说过，瓦尔德施密特教授的教学方法也同样是德国式的。我们选用了斯坦茨勒的教科书。我个人认为，这是一本非常优秀的教科书。篇幅并不多，但是应有尽有。梵文语法以艰深复杂著称，有一些语法规则简直烦琐古怪到令人吃惊的地步。这些东西当然不是哪一个人硬制定出来的，而是历史发展自然形成的，利用比较语言学的方法都能解释得通。斯坦茨勒在薄薄的一本语法书中竟能把这些古怪的语法规则的主要组成部分收容进来，是一件十分不容易做好的工作。这本书前半部分是语法，后半部分是练习。练习上面都注明了相应的语法章节。做练习时，先要自己读那些语法，教授并不讲解，一上课就翻译那些练习。第二学期开始念《摩诃婆罗多》中的《那罗传》。听说，欧美许多大学都是用这种方式教学的。到了高年级，梵文课就改称Seminar，由教授选一部原著，学生课下准备，上课就翻译。新疆出土的古代佛典残卷，也是在Seminar中读的。这种Seminar制看似平淡无奇，实际上是训练学生做研究工作的一个最好的方式。比如，读古代佛典残卷时就学习了怎样来处理那些断简残篇，怎样整理，怎样阐释，连使用的符号都能学到。

至于巴利文，虽然是一门独立的课程，但教授根本不讲，连最基本的语法也不讲。他只选一部巴利文的佛经，比如《法句经》之类，一上堂就念原书，其余的语法问题，梵巴音变规律，词汇问题，都由学生自己去解决。

念到第三年，我已经拿到了博士论文的题目，此时第二次世界大战已经正式爆发。我的教授被征从军。他的前任西克教授又出来承担授课的任务。当时他已经七八十岁了，但身体还很硬朗，人也非常和蔼可亲，简直像一个老祖父。他对上课似乎非常感兴趣。一上课，他就告诉我，他平生研究三种东西:《梨俱吠陀》、古代梵文语法和吐火罗文，他都要教给我。他似乎认为我一定同意，连征求意见的口气都没有，就这样定下来了。

我想在这里顺便谈一点感想。在那极“左”思潮横行的年代里，把世间极其复杂的事物都简单化为一个公式：在资产阶级国家学习过的人或者没有学习过的人，都成了资产阶级。至于那些国家的教授更不用说了。他们教什么东西，宣传什么东西，必定有政治目的，具体地讲，就是侵略和扩张。他们绝不会怀有什么好意的。西克教授教我这些东西也必然是为他们的政治服务的，为侵略和扩张服务的。帝国主义的侵略扩张政策，谁也不能否认。但是不是他们的学者在任何时间任何地方都为这个政策服务呢？我以为不是这样。像西克教授这样的老人，不顾自己年老体衰，一定要把他的“绝招”教给一个异域的青年，究竟为了什么？我当时学习任务已经够重，我只想消化已学过的东西，并不想再学习多少新东西。然而，看了老人那样诚恳的态度，我屈服了。他教我什么，我就学什么，而且是全心全意地学。他是吐火罗文方面的世界权威，经常接到外国学者求教的信，比如美国的 Lane 等。我发现，他总是热诚地尽其所知去回答，没有想保留什么。和我同时学吐火罗文的就有一个比利时教授顾物勒。根据我的观察，西克教授先生认为学术是人类的公器，多撒一颗种子，这门学科就多得一点好处。侵略扩张同他是不沾边的。他对我这个异邦的青年奖掖扶植不遗余力。我的博士论文和口试的分数比较高，他就到处为我张扬，有时甚至说一些夸大的话。在这方面，他给了我极大的影响。今天我也成了老人，我总是想方设法，为年轻的学者鸣锣开道。我觉得，只要我能做到这一点，我就算是对得起西克教授了。

我跟西克教授学习的那几年，是我一生挨饿最厉害，躲避空袭最多，生活最艰苦的几年。但是现在回忆起来却是最甜蜜的几年。甜蜜在何处呢？就是能跟西克教授在一起。到了冬天，大雪载途，黄昏早至，下课以后，我每每扶西克教授踏雪长街，送他回家。此时山林皆白，雪光微明，十里长街，寂寞无人。心中又凄清，又温暖。此情此景，终生难忘。

一九四六年我回国以后，当了外语教员。从表面上来看，我自己的外语学习任务已经完成了，但是实际上并不是这个样子。对于语言，包括外国语言和自己的母语在内，学习任务是永远也完成不了的。真正的有识之士都会知道，对于一种语言的掌握，从来也不会达到绝对好的程度，水平的高低都是相对的。据说莎士比亚的作品里就有不少语法错误，我们中国过去的文学家、哲学家、史学家、诗人、词客，等等，又有哪一个的作品中没有病句呢？现当代的著名文人又有哪一个写的文章能经得起语法词汇方面过细的推敲呢？因此，谁要是自吹自擂，说对语言文字的掌握已达到炉火纯青的程度，这个人不是一个疯子，就是一个骗子。我讲的全是实话，并不是危言耸听。从这个意义上来讲，我学习外语的任务并没有完成。在教学之余，我仍然阅读一些外语书籍，翻译一些外国的文学作品，还经常碰到一些不懂的或者似懂而实不懂的地方，需要翻阅字典或向别人请教。今天还有一些人，自视甚高，毫无自知之明，强不知以为知，什么东西都敢翻译，什么问题都不在话下，结果胡译乱写，贻害无穷，而自己则沾沾自喜，真不知天下还有羞耻事！

“你学了一辈子外语，有什么经验和教训呢？”我仿佛听到有人这样问。经验和教训都是有的，而且还不少。

我自己常常想到，学习外语，在漫长的学习过程中，到了一定的时期，一定的程度，眼前就有一条界线，一个关口，一条鸿沟，一个龙门。至于是哪一个时期，则因语言而异，因人而异。语言的难易不同，而且差别很大；个人的勤惰不同，差别也很大。这两个条件决定了这个龙门的远近，有的三四年，有的五六年，一般人学习外语，走到这个龙门前面，并不难，只要泡上几年，总能走到。可是要跳过这龙门，绝非易事。跳不跳过有什么差别呢？差别有如天渊。跳不过，你对这种语言就算是没有登堂入室。只要你稍一放松，就会前功尽弃，把以前学的全忘掉。你勉强使用这种语言，这个工具你也掌握不了，必然会出许多笑话，贻笑大方。总之你这条鲤鱼终归还是一条鲤鱼，说不定还会退化，你绝变不成龙。跳过了龙门呢？你已经不再是一条鲤鱼，而是一条龙。可是要跳过这个龙门又非常难，必须付出极艰辛的劳动，拥有极大的毅力，坚忍不拔，锲而不舍，才有跳过的希望。做任何事情都有类似的情况。书法、绘画、篆刻、围棋、象棋、打排球、踢足球、体操、跳水，等等，无不如此。这一点必须认清。跳过了龙门，你对你的这一行就有了把握，有了根底。专就外语来说，到了此时，就不大容易忘记，这一门外语会成为你得心应手的工具。当然，即使达到这个程度，仍然要继续努力，绝不能掉以轻心。

学习外语同学习一切东西一样，必须注重方法。我们过去尝试过许多教学外语的方法，都取得过一定的成绩。这一点必须承认。但是我们绝不能迷信方法，认为方法是万能的。我认为，最可靠的不是方法，而是个人的勤学苦练，发挥主观能动性。这个道理异常清楚。各行各业，莫不如此。过去有人讲笑话，说除臭虫最好的办法不是这药那药，而是“勤捉”。其中有朴素的真理。

我学习外国语言，已经有六十多年的历史了。如今我已经到了垂暮之年。回顾这六十多年的经历，心里真是感慨万端。我学了不少的外国语言，但是现在应用起来自己比较有把握的却不太多。我上面讲到跳龙门的问题。好多语言，我大概都没有跳过龙门，连那几种比较有把握的，自己心中也没有底。想要对今天学外语的年轻人讲几句经验之谈，想来想去，也只有勤学苦练一句，这真是未免太寒碜了。然而事实就是这个样子，这真叫作没有办法。学什么东西都要勤学苦练，这个真理平凡到同说每个人只要活着就必须吃饭一样。你不说，人家也会知道，它毕竟还是真理。你能说每个人必须吃饭不是真理吗？问题是如何贯彻这个真理。我只希望有志于掌握外语的年轻人说到做到。每个人到了一定的阶段，都能跳过龙门去。祖国今天的建设事业要求尽量多的外语人才，而且要求水平尽量高。希望我们大家共同努力，达到这个神圣的目的。

1986年9月12日写完

大学外语教学法刍议

我们学习外语，不是在大学里才开始的。从中学起，有的人甚至从小学起已经学起外语来了。但是小学生和中学生智力尚未成熟，所以他们应该有他们独特的学法，我们在这里不谈。我要讨论的只是大学里外语的教学法。

我这里说的外语是指的平常所谓第二外语、第三外语，就是在大学里才开始学的。在中国读过大学的人大概都有学习第二外语甚至第三外语的经验。有的学一年，有的学两三年甚至四年。学习的时间虽有短有长，但倘若问一个学过的人，他学的成绩怎样，恐怕很少有不摇头的。

我在大学里学过两种外语。教务处注册组的先生们可能认为我已经学成了。因为在他们的本子里我的分数都是非常好的，而且我还因为其中一种的分数特别好而得到出国的机会。但是我却真惭愧，这种外语还是我到了它的本国以后才学好的。另外一种也是在那个国度学到能看书的程度。同我同时学的朋友们情况也同我差不多。当然，这里也正像别处一样，也是有一些天才的。他们念上十页八页的文法，一百个左右单字，再学会了查字典，以后写起文章来，就知道怎样把英文的 As if 翻译成德文的 Alsob，括弧里面全是洋字，希腊语、拉丁语、德语、法语全有。这样就可以吓倒一个人。至于他们能不能看书，那就只有天知道了。

虽然有这样的天才撑场面，但人们还是要问，为什么中国大学生学外语的成绩这样不好？难道他们的资质真不行吗？我想无论是谁，只要同外国大学生在一块念过书，就会承认，我们中国学生的天资并不比外国学生差。原因并不在这里。

但原因究竟在哪里呢？这个问题我觉得也并不难回答，我们只要一回想我们自己学习外语的经过和当时教员所用的方法就够了。一般是这样：教员选定一本为初学者写的文法书，念过字母以后，就照着书本一课一课地教下去，学生也就一课一课地学。速度快的，一年以内可以把普通文法教完；速度慢的第二学年还在教初级文法。有的性急的教员等不到把文法学完就又选定一本浅明的读本一课一课地讲下去。学生在下面用不着怎样准备，只把上一次讲过的内容稍稍看一看，上课时教员问到时能够抵挡一阵，不管怎样糊涂，也就行了。反正新课有教员逐字逐句讲解，学生只需在半醒半睡中用耳朵捉住几句话或几个字就足够了，字典是不用自己查的。于是考试及格，无论必修课还是选修课都得了很好的分数，堂皇地写在教务处注册组的大本子里。教员与学生皆大欢喜。

就这样，学上两年甚至三年外语，除了极少数的例外，普通学生大概都不能看书。最初也许还能说那么十句八句的话，但过些时候，连这些话也忘净了，于是自己也就同这外国语言绝了交。

这真是一个莫大的损失。大好光阴白白消耗掉，这已经很可惜了，更重要的是放掉一个学习现代学者治学最重要的工具的机会。现代无论哪一国哪一门的学者最少也要懂几种外语，何况在学术落后处处仰给别人的中国？而且这机会一放手就不容易再得到，因为等到大学毕业自己做了事或开始独立研究学问的时候，就很难再有兴致和时间来学习作为工具用的外语了。

这简直近于一个悲剧。产生这个悲剧的主要原因，据我看，就是因为教学法的不健全。自从学字母起，学生就完全依赖教员。教员教一句，学生念一句。一直到后来学到浅近的读本，还是教员逐字逐句地讲。学生从来不需要主动地去查词典，学生仍然不知道直接念外语书的困难，仿佛一个小孩子，从小就吃大人嚼烂的饭，一直吃到长大了，还不能自己嚼饭吃，以后虽然自己想嚼也觉得困难而无从嚼起了。

我们既然知道了原因所在，就不难想出一个挽救的方法，这个方法据我看就是要竭力减少学生的依赖性。教员应该让学生尽早利用词典去念原文，他们应该拼命查词典，翻文法，设法把原文的意思弄明白。实在自己真弄不明白了，或者有的词在词典上查不到，或者有的句子构造不清楚，然后才用得着教员。在这时候，学生已经自己碰过钉子，知道困难的所在，而且满心期望着得到一个解答，如大旱之望甘霖，教员一讲解，学生蓦地豁然贯通，想让学生记不住也不可能了。这样练习久了，我不信他们会学不好外语。这个方法并不是什么新发明，在外国，至少是在我去过的那个国度里，是最平常的。我举一个我学俄语的例子。第一堂课教员上去，用了半堂课的时间讲明白俄语在世界语言里尤其是印欧语系里的地位，接着就带学生念字母。第二堂课仍然带学生念字母。第三堂课讲了讲名词的性别和极基本的文法知识，就分给学生每人一本果戈理的短篇讽刺小说《鼻子》，指定了一部词典，让每个人念十行。我立刻糊涂起来，课后用了一早晨的时间才查了六行，有的词只查到前面的一半，有的词根本查不到，意思当然更不易明白。心里仿佛有火在燃烧着，我恨不得立刻就得到一个解答。好不容易盼到下一次上课。教员先让学生讲解，但没有一个人能够讲一个整句。结果还是他讲，大家都恍然大悟，不自觉地轻松地笑起来。他接着又讲了半堂课的文法，才下了课。就这样，我们在一个学期内念完了初级文法和果戈理的《鼻子》。

这种教法有点霸道，我承认。学生在课外必须得有充分的时间来预习不可，但是成绩的确比我国的大学里流行的教法好。除非学生低能，在两年内一定可以看普通的书。与其让学生不痛不痒地学两年结果却等于白学，何如让学生多费点力量而真得其实惠呢？

十九世纪德国语言学家埃瓦尔德就用这个方法教学生，而且用得还特别认真。跟他念过书的学生一谈起来没有一个不头痛的。后来他自己也听到了，就对人说："学外语就像学游泳。只是站在游泳池旁讲理论，一辈子也学不会游泳。我的方法是只要有学生到我这里来，我立刻把他推下水去。只要他淹不死，游泳就学会了。"我希望中国的教员们有推学生下水的勇气，青年同学们有让教员推下水去的决心。

1946年10月31日写于北平

我们应该多学习外国语言

对世界上任何国家来说，尤其是对我们中国，学习外国语言的重要性似乎用不着我们再来讨论。我想，我们现在恐怕都羡慕五六十年前中国学者的福气。他们当时只需背过“四书五经”，加上注疏，学着写几篇八股文，再加上点好运气，立刻可以考上举人、进士，做起大官来。即便有些特别有天赋有本领的，能把“四书五经”的原文和注疏正背倒背，甚至另外还弄点“杂学”，但也总脱不出中国书的范围。他们只需学会一种语言就够了。

但欧美的人偏要带了他们的学问挤进来。他们这些学问又真有些不可及的地方，连最顽固的中国文化本位派也不能不承认他们的优越。“中学为体，西学为用”实在是一个无可奈何的解嘲的口号，用来安慰自己的。现在我们看了，固然有啼笑皆非之感，这种感觉恐怕当时有许多人已经有了。所以，我们这一代人的祖父们，其中比较开明的，都热心研究过“洋务”，在读“四书五经”之余也只好来念念“哀比西的衣”[①]。念得怎样呢？这很不好说。从那时候到现在，中间隔了五六十年。穿西服的，吃西餐的（以前叫作番菜），的确是一天比一天多了。“哀比西的衣”当然仍旧念下去。但有的人也就只念到“哀比西的衣”，这些“哀比西的衣”连在一起写成的书他们看着便有点不顺眼，不大愿意同它们发生什么关系。在大学里的情形稍微好一点。在这里，在学习外国语言，尤其是英语方面，已经有了颇为明显的进步。有些大学除了中国语言文学系的课本外，多半用英文课本。甚至有些教授直接就用英语讲课，请来的外国教授当然更不必说了。

这似乎应该很让我们满意。倘若我们计算一下时间，我们很有理由觉得我们的进步还太慢。五六十年是一段颇长的时间，尤其是在现代。我们想一想，五六十年前有汽车吗？有飞机吗？但现在天空里飞的、街上跑的，就是这些五六十年前没有的东西。同这一比，我们在学习“哀比西的衣”方面的进步真未免太小了。而且，倘若我们仔细推究，连以使用英文课本、用英语来讲课自诩的大学里的学生，有几个人能够拿起笔来就写一篇英语论文？只有在不懂英语的人面前，他们的英语才说得起劲，见了外国人就难免要红脸。

---

① 哀比西的衣：ABCDE。

我们倘再看一看自己国家以外的国家学习外国语言的情形，这些国家学术水准比我们高不知多少倍，然而人家却仍然在努力学习外国语言，读外国书籍，我们真不得不悲观了。在欧洲许多国家，一个大学生懂五六国文字是颇为平常的事情。比如在德国的中学里，一个学生除了学八年拉丁语、六年希腊语以外，还要学英语和法语。有不少学生还在课外请教师教自己俄语或意大利语。他们进了大学，看外语参考书绝对不会再有什么困难。倘说他们要学语言学的话，还要另外学许多新的语言。比如说，要学斯拉夫语言学，他们至少要学俄语、波兰语或捷克语、南斯拉夫语，要学比较语言学，需要学的语言就更多了。虽然不一定每一种都能精通，但只就数目说，也够我们吃惊的了。

在另外几个国度里，比如丹麦、荷兰、瑞典、挪威，其学术水准也非常高，甚至有些地方还胜过那几个大国，但因为国家小、在世界政治舞台上占的地位不重要，他们的语言没能像现在事实上已经成了国际常用语言的英语、德语、法语那样流行世界。他们的学者写专门论文的时候，便使用英语、德语或法语。有的人用一两种，也有不少人能用三种。有些人也许认为这些学者是可有可无的。但其实不然。这些国家虽小，但也产生了不少的世界权威学者。瑞典中国音韵学专家高本汉就是一个例子。高本汉在中国也不是生疏的名字。他的论文早年用法语写，现在用英语写。还有丹麦语言学家奥托·叶斯柏森也是语言学界的权威之一，他能用英、德、法三种语言写论文。只有这样，他们的论文才能让世界各国的学者都能读到，他们苦心研究的结果才不会因为文字的障碍而被埋没。

回头看我们中国怎样呢？我们的学术水准不但比不上英、德、法等大国，也比不上瑞典、丹麦那些小国。我们学习英语的情形上面已经谈过了。但那还是战前的情形。复员以后大学里的同学据说英语水平不太高，我们这里不谈原因，只谈事实。事实是很多大学生不但不能看英文参考书，而且连念英文课本都不知费多大力量。这样毕业后再做研究工作就会处处感到困难。至于德语、法语，情形就更惨。现在德语和法语只算作第二外语、第三外国语。按照教育部规定的课程，最多也只能念三年。实际上念到三年的非常少，即便念到，真正不用字典而能看书的更加凤毛麟角。在这种情形下，外国学者研究的结果我们当然就很难利用了。在另一方面，我们一般的学术水准虽然不太高，但有不少学者也有时有非常有价值的发现，是值得世界上任何国家的学者看的。除了很少的学者自己能用外语写论文以外，用汉语写成的论文便都因为文字的问题湮而不彰，这是世界学术的一个莫大的损失。

我前面说过，英语、德语、法语三种语言事实上已经成了现在的国际语言。一直到现在我谈的也就是这三种，但我的意思并不是说，只有这三种就够了。另外还有几种语言可以加入到里面来。我现在只谈其中的一种，就是俄语。有些人或许会说，我有点势利眼。看到俄国这次打了胜仗，成了强国之一，所以我才这样说。而且目前中国以谈俄国为时髦，我现在不过是投合这种心理。其实我并没有这个意思。这不是我一个人的意见，也不是我现在才有的意见。十几年前我就有过这种意见，而且也实行过了。俄国在现在和将来世界政局上的重要性，尤其是对我们中国的重要性，没有一个人会否认，不管他是不是共产主义的信徒。现在再列举理由说明俄语的重要，真可以说是画蛇添足了。至于我现在在这里提出俄语，还另外有一个理由。我曾遇到种种不同的专家，中国人和外国人都有，他们都承认俄国在许多学科的研究上有很大的贡献，值得外国学者注意。并且这些贡献不只是革命以后才有的，在沙皇时代已经开始了，虽然还不能同现在比。就我自己研究的这一行说，俄国学者写过许多非常有价值的关于梵文和佛学的书，从沙皇时代起一直到现在都没有断过。我说了这么多话，用意很简单，我只是希望中国的青年或非青年在英语、德语、法语以外还要注意到俄语，当然最好是有勇气去学，真正学成一个俄语专家，把上海滩上那些挂羊头卖狗肉的英雄们赶到他们应该去的地方。

我想现在一定有人抗议了。我前面说到，我们连只学一种文字成绩都不太好，但现在我却一口气介绍了英语、法语、德语，又加上了俄语，这不是闭着眼睛在做梦，我的话都出自清明的理智，我觉得外国学生不比中国学生聪明，在中学里学外语只是教授法、教本和教师的问题，这都是可以解决的。只要这个问题能解决，多学一种外国语言并不是什么了不得的困难事情，即便再退一步，我承认我在做梦，梦有时候也是可以做的，只要它美丽。

1947 年 5 月 6 日写于北平

论聘请外国教授

中国学术落后，大学师资尤其感到缺乏，所以有时候我们不得不聘请外国教授。这是没有办法的事，我们当然不能反对，但是却有条件。

我先说一点我自己的经验。十几年前，我在全国著名的清华大学西洋文学系学习，这里外国教授很多，而且据说都是有地位的学者。我为这盛名所震惊，怀着一颗虔敬的心，走进了学校，走进了课堂。最初我当然不敢说什么，但渐渐地我却怀疑起来。这些教授多半是英美人，当然会说英语，但也就只是会说英语，说到他们有什么专门研究，那就很成问题了。一位美国女教授是斯丹佛大学的硕士，教我们英文文字学。第一学期，她拿一位丹麦语言学家论普通语言学的书当教本。这并不是什么深奥的著作，但她越讲我们越糊涂，现在看起来并不是很难懂的格林定律当时却没有一个人能明白。原因就是这位女教授除了英语以外，古典语言似乎一点都不会，恐怕连她自己都讲着讲着就堕入五里雾中了。第二学期换了课本，她要讲她的据说是最拿手的乔叟。第一堂上去，高声背诵了乔叟著名的作品《坎伯雷故事集》的第一段。我们都大惊失色。幸而我们不久就发现了她的全部本领是背诵《坎伯雷故事集》的第一段，我们的“色”才不至继续“失”下去，否则“失”出病来也未可知。我们看，她似乎连中古英文法也不甚了然，所以不久我们就读起翻成近代英语的乔叟作品来。一年读完，我们算是学了英文文字学。

另一位教授，也是美国人，他教我们欧洲文学史，用的是他自己著的一部五六百页厚的精装的巨著当教本。无论谁看到这部大书，都会不由得对这位教授起尊敬心，但倘若一仔细研究，就会发现这部书除了厚、大以外没有任何长处，世界上除了中国以外没有一个国家肯出钱替他印这部书。里面对世界上的许多名著的内容都有撮要的说明，倘若仔细推敲起来，这些说明却不可靠，几乎都有问题。这些名著的原文他当然没读到过，连译本他似乎也没读几种，他只是直抄别人的书，而且抄得极荒疏，极不小心。这证明他连抄的耐性都没有，然而他就是我们大学的名教授。

我在这里不能替我的每一个外国老师都作一个介绍。总括一句，除了很少数的例外，他们都差不多，不管他们是哪一国人。在他们本国，他们都已经大学毕业。我不知道他们在本国究竟能够找到什么工作，但一定不会是大学教授，这是我们可以断言的。他们有的可以在大学里做助教，有的可以做中学教员，有的只配在商店里做一个店员，在机关里做小公务员。然而这些称呼都不响亮，于是他们就来到中国，在我们的大学里成了名教授。

倘若他们老老实实地做教授的话，做上几年，说不定也可以做出点成绩来。倘若认真读书，也一定会有所得的，但有些人来中国的目的却是醉翁之意不在酒。有的完全为了满足自己的好奇心，想来看一看这神秘的国度。结果学了一脸假笑，挤鼻子挤眼，打躬作揖，自命为中国通，能说三句半中国话，就回国去了。不久就写成了几册厚厚的论中国的书，于是出了名，发了财，皆大欢喜。有的在本国研究汉学，找到一个机会到中国来继续研究。在中国大学里担任的课程与他们自己研究的内容毫无关系。他们可以教历史，教哲学，教希腊文、拉丁文，教古典文学；德国人教法语，美国人教德语，他们简直是万能的。在当教授的同时，他们还忘不了自己的工作，找自己的学生或花钱雇助理帮自己翻译中国的古书，诗词歌赋全行。翻译的时候尽可能找别人，但书籍出版的时候却只署自己的名字。于是也出了名，发了财，说不定还会被本国的大学请回国去做汉学教授，仍然是皆大欢喜。

从这样的教授那里我们可以学到什么东西就可想而知了。

但这不过是在中国误中国的青年学生而已，还不足以尽他们的任务。他们一回国，当然就会有人问他们在中国的职业，他们也当然就会回答说做教授。他们的亲戚朋友一定很惊奇，像他这样的人居然在中国能够做教授，中国的大学教育也就可以想见了。于是一传十,十传百，他们脑筋里都有了先入之见，即便再想把中国大学的真相告诉他们，也没有用了。我说中国大学的真相，意思是说，中国大学教授的本质固然不能同其他学术先进的国家比，但也不像他们想的那样坏。我们不否认，有很多中国教授同这些外国教授差不多，但也有些真正有地位的学者，他们在世界上任何国家的大学里都能做教授都当之无愧。把这些学者同这些外国教授拉在一起，相提并论，简直是不伦不类。要想避免这不伦不类的滑稽剧，我们只有让够做大学助教的外国人留在他们本国做大学助教，够做中学教员的留在他们本国做中学教员，够做店员、小公务员的留在他们本国做店员、小公务员。倘若我们非聘请外国教授不可的话，我们应该聘请的是另外一些人。

这些人我们也聘请过，可惜数目很少，只能算作我前面说到的少数的例外。譬如北京大学以前聘请的美国地质学家葛利普就是其中的一个。葛先生是世界上有名的学者，在中国住了半生，弟子遍布全中国。中国地质学和古生物学能有这样的成绩，我们要归功于葛先生。这样的外国教授我们才需要，才真值得我们聘请。有葛先生这样的外国教授，是我们中国大学的光荣。即便有许多学者不能像葛先生一样在中国住许多年，但这也没有关系。杜威、罗素在中国只是旅行了一趟，但他们在几个讲演里留给中国的影响仍然很大，是那些挤鼻子挤眼打躬作揖的“中国通”和那些让别人做工作自己来出名的所谓汉学家万万想不到的。

除了这些真正有地位的学者以外，为了中国学生学习外国语言起见，我们也可以聘请外国人来教。但我们绝不应该像现在这样随便一个外国的张三李四都给他教授的名衔。我们并不是没有前例可援。我们可以学英国和德国的办法，只要教实用语言的外国人一律给他教员的名义。只有真正有地位的学者，最少在外国也能做到教授的，我们才给他教授的名义。这就是我在开头说到的条件。

1948 年 1 月 30 日写于北京大学

可怕的隔膜

中国现在的大学教育有许多要改善的地方，这与大学有关的人们差不多都知道，而且专家们也都指出来过。我在这里不能，而且也不敢来讨论这个问题。我只想找出一点来谈一谈，就是学生与教员间的关系。我是一个外行人，说的当然也就是外行人的话，但这些话都是我通过观察得来的，刍荛之议，也许可以供专家们参考。

我觉得，现在在大学里，很多学生与教员之间只是职业上的关系。

“职业关系”这个名词是我杜撰的，恐怕不大容易理解。我的意思是，教员的“职业”是教书，学生的“职业”是读书（我在这里把“职业”两个字用到学生身上，与报纸上常见的那个不通又含混的名词“职业学生”无关），因为“职业”的关系，学生与教员才聚在一起，也因为“职业”，他们的关系才能维持下去。换句话说，倘若一方面这“职业”终止了，关系也就随着断绝了。仿佛是一个大百货商店的店伙和主顾，店伙卖的是货，主顾买的也是货，只有在交易的时候，他们才有关系，一旦交易完毕，就各走各的路。

但实际上知识却同货物绝不相同，它并不像西红柿、土豆之类的东西，只要主顾付了钱，就可以从店伙手里拿到，用袋子装走，回家炒着吃、煮着吃。知识是人类心灵经过了学习而获得的东西，其中包含无数的甘苦。学者不但要知道学习获得的结果，更重要的是要知道得到这样结果的过程。其中有很多的曲折，并不是三言两语可以说得清楚的。所以，只有授者与受者能常常接触，把彼此间的隔膜完全打破，破除一切的官样形式，彼此都坦白地说出自己的真正意见，知识才能传授，彼此才能都得到好处。有时候在无意间从心里说出来的极简单的话比在课堂上的长篇大论还要能给学者以启示，但这样简单而富有启示性的话只有在打破一切形式的束缚的时候才能说得出来。

但在现在的大学里除了很少数的例外以外，学生与教员间的隔膜能说已经都打破了吗？我们敢坦白地彼此说出想要说的话吗？我只觉得，现在学生与教员间的隔膜愈来愈厚，彼此都没了信任。有些事情，因为年龄的差别，学生与教员的看法不能一样，这是不能勉强的事情。但也有些事情，看法本来可以一样，不过中间被一座墙隔开了，两方面不但不想把这座墙推倒，反而努力加高它，结果就演变成现在这种情形。在这样的情形下，知识成了石头一般的死东西。教员怎样说，学生就怎样记，心里同意的时候，不能再进一步多得到一点；心里不同意的时候，也不愿意把自己的意见告诉教员，让教员知道自己不同意的地方究竟在哪里。这些不同意压抑在心里，越积越多，有时候也难免要发泄一下，于是又便宜了民主墙。

我并没有责备学生的意思，我知道，一位学生是否敢向教员说他心里想说的话关键还是教员。我读大学的时候，一位现在“发达”了成为南京二等要人的先生教我们英语。有一次，一位同学问了他一个问题，他大声吼：“回去查字典去！”全班在大惊之余，面面相觑，从那以后再没有人问他问题。他的宝座于是大稳，但学生与他之间的墙也随着高了起来。

我一直到现在还不明白，这位先生是什么心理。我想他大概觉得学生根本不配问他问题，不配同他讨论，所以他就用禅宗大师的办法断喝一声，把这“乱”“戡”了下去，以杜后患。于是天下太平，皆大欢喜，他也得以从容地从教授爬到要人。

我不否认，大体上说起来，教员比学生知道得总多一点，因为他们对一门学问已经用过很多年的功了。但学问之道无穷，越是有学问的人越觉得自己的学问不足，只有疯狂荒谬的人才会觉得自己已经知道了一切，具备了一切学问。即便研究一个极窄狭的问题，而且已经花费了多年的时间，我们也不敢说已经知道了关于这个问题的一切，有时候也难免有疏漏的地方。一个初出茅庐的青年有时候反而能看到一位老学者看不到的地方，因为他对这门学问还没有那样多成见，那样多“蔽”。说到观点，我们更不能证明旧的一定就比新的好，学生们的观点也可以给教员们许多参考和反省的机会。

那么我们现在究竟应该怎么做呢？我们非要打破这隔膜不可。要想打破这隔膜当然两方面都要努力，教员应该把学生看成朋友，学生也应该把教员看成朋友。我们要忘掉自己的年纪，我们不说，一个是在“教”，一个是在“学”。我们说，大家在共同“学”，大家共同努力探寻真理。彼此心里有什么话，要立刻当面说出来。说对了，对方可以改；说得不对，自己也可以反省一下。这样的话，教员才可以在自然流露中说出他的给学生很多启示的心得。学生也可以把他用年轻灵动的眼光看到的东西告诉教员。只有这样，学习才是一种快乐，年长的和年幼的在一团和谐的空气里共同学习。

希腊哲人说：“吾爱吾师，吾尤爱真理。”我希望现在中国为人“师”的有接受同学的批评和意见的雅量，学生有向教员坦白说话的勇气。

1948 年 8 月 8 日

论所谓大一共同必修科目

现在大学里有所谓大一共同必修科目，文、理、法、农、工、医六个学院都有。教育部规定这些科目的时候，当然也请教过许多专家，用意也不能说不好，但我始终觉得还有讨论的必要。因为我自己是学文科的，所以我现在只谈文学院的科目。我自己也知道，我说的也许只是我一个人的偏见，但偏见也有供专家参考的价值，所以就写了出来。

文学院的大一共同必修科目共有下列几种：

国文中国通史、外国文西洋通史（以上两种选习一种）

哲学概论、逻辑（以上两种选习一种）

普通数学、普通物理、学普通化、学普通生物学

普通地质学、普通心理学（以上六种选习一种）

法学概论、政治学、经济学、社会学（以上四种选习一种）

在这些许科目里，我觉得只有几种大学一年级还有学的必要，譬如外国文是治学的重要工具，逻辑也许对思考和方法方面有点帮助，社会学在中学里多半没有学过，这些在文学院里都不妨学学。但其余的科目我实在想不出一个大学文学院的学生，为什么还要“必修”。

我们先说国文。现在大一国文的选本，花样尽管怎样翻新，内容尽管怎样不同，但材料同中学课本不会有多么大的差异，反正不过是几篇文言文，加上几篇白话文。实在用不着再让学生牺牲一年的时间来念也许已经念过几遍的文章。是为了提高学生的国文水平吗？那么，在六年小学、六年中学之余，一个学生的国文水平似乎应该已经有了点根基，倘若还有同学在十二年以内没有把国文学好，这位同学几乎可以说是已经不可救药，想在大学一年里补起来也绝不可能了。

说到历史，我更觉得滑稽。现在我不知道中小学里的课程已经变到什么程度。我在高小的时候，念过一遍中国历史，到初中又念了一遍，到高中又念了一遍，同时还念了西洋通史。倘若想对中外历史有一个概念的话，我想这三遍也就够了。即便大学教员与中学教员讲得有所不同，但也没有再念一遍的必要。我并不是否认历史的重要性，对文学院的同学来说，历史是非常重要的，无论研究什么题目，总免不了同历史产生关系——总要先把这个题目的历史背景弄清楚，但在这里所需要的历史知识一般是很有针对性的，并不是普通历史课堂上可以学到的。在这时候，能帮助学生解决问题的是史学系比较专门的课程，所谓“中国通史”或“西洋通史”并没有多少用处。

我们现在再谈自然科学。自然科学一共有六种，这六种内，除了数学对研究数理逻辑有用处外，其余的我实在看不出对一位文学院的学生有什么用处。倘若说要获得一点自然科学的常识，那么在中学里学过的也就够了。倘若说要学一点专门的知识，我觉得实在没有这个必要。举个例子说，对一个专门研究阿拉伯文或梵文的学者来说，动物学和地质学有什么用处呢？不懂果蝇遗传规律或地质构造的人一样可以写出很好的阿拉伯文或梵文文法，正如一个不会缝纫的厨子也可以做出很好的菜来。

我们都知道，大学的年限按规定只有四年。即使我们从一年级起就开始学本系专门的功课，在四年内恐怕也不会学多少，但现在这短短的四年里硬扣除了一年学习这么多所谓“大一共同必修科目”，这真让人难了解。教育当局一方面声明大学是研究专门高深学问的地方，另一方面又把年限只缩成三年，难道在三年内就可以把专门的高深的学问研究透了吗？倘若大学毕业后还有继续研究的机会，譬如说入研究院或出国，当然还有时间继续研究，但有这种机会的人实在太少了，大多数的大学生在一生中只有三年时间研究专门学问，然而三年又是多么短的一段时间啊！

我们中国现行的大学制度有许多毛病，譬如说学分制和学年制搅在一起，实行起来就有许多困难，而且理论上也有点说不过去。但据我看这些毛病中影响学生最大的就是这所谓“大一共同必修科目”。这只能浪费学生的时间，缩短学生学习专门知识技能的期限。现在有些学生已经感觉到了，将来他们一定会更真切地感觉到。所以我诚恳地希望教育当局能重新考虑一下这些“大一共同必修科目”，最好是干脆取消。

1948 年 11 月 13 日

把学术还给人民大众

关于是不是应该把学术还给人民大众这个问题，现在几乎没有详细讨论的必要了。我想，恐怕只有极少数的人还反对这样做，还想把学术关在天上，只放出点余光来，让留在地上的人民大众仰头赞叹，顶礼膜拜。但我为什么现在又把这个问题提出来呢？我的主要用意是想把一个在旧社会里成长起来的知识分子关于这方面思想改造的过程写出来，让大家看一看，对有些人也许还有点参考的价值。

我自己是一个在旧社会里成长起来的知识分子。自从有了点知识那一天起，我就有一个偏见：我反对一切通俗化的举措，看不起一切通俗化的书籍。我当然崇拜专家，我最崇拜的是专门研究一个问题的专家。问题的范围越小越好，牛角钻得越深越好。最好是一头钻进去，钻上三年五载，然后写出一篇论文来，这篇论文也许世界上只有几个人肯读，只有几个人能够读得懂，这样的专家在我眼中才真正是一个专家，才真正值得佩服。我在初中的时候，就崇拜过爱因斯坦，这并不是说我是一个神童，十几岁就了解了相对论。相对论我到现在还一丝一毫都不了解，何况二十年前？我当时甚至不知道爱因斯坦是男是女，是哪一国人，相对论是属于哪一门科学的。我只听说，相对论世界上只有七个半人懂，我于是立刻觉得，学问到了这个地步才真正算是学问，便对这位爱因斯坦先生肃然起敬了。后来自己研究印度和古代中亚语言学。倘若有人也研究印度语言学或古代中亚语言学，我当然并不反对。倘若有人在这方面有什么著作，我当然很高兴看到。但我自己所最向往的却是能够就印度语言学或古代中亚语言学上一个小到不能再小的问题写上一部大书，围绕一个简单的单字写一篇长长的论文，最好能够写得深奥复杂到一个程度，让一般人，连专家在内，都看不懂，这样我觉得才够味，这样才是真正的学术，学术的妙处就在这一点神秘味。倘若有人写一部通俗的书，无论这个人是怎样有地位的专家，我过去也许对他曾经崇拜过，我立刻就会看不起他。他的书无论写得多么好，我总拒绝去看。有时我甚而还搜寻世界上最刻薄的话来批评，武断地抹杀它的一切好处，即便勉强看了有时候也觉得的确写得还不坏，但我的偏见却不让我去赞美它。我总觉得一本让大家都能看懂的书一定没有价值，大家都能看懂了，学术还有什么神秘味呢？学术没有了神秘味，还值得我们崇拜吗？我为什么这样做呢？当然并没有想到这个问题，因为根本没有意识到还有这样一个问题存在。是不是有奇货可居的意思呢？在意识里，我自问确实是没有，但在潜意识里，就不敢说了。几千年以来，无论是在世界上哪一个国度里，在所谓文明国家里也好，在所谓野蛮国家里也好，学问都操在一小部分的特权阶级手里，成了一部分人统治和压迫另一部分人的重要武器。中国古代有“民可使由之，不可使知之”的话，这完全暴露了统治阶级的心理。“民”怎样才可以“知”呢？有了学问就会知了。正像古代的天神把火的秘密紧紧地握在手里一样，统治者把学问紧紧地握在手里。他们还散布什么“劳心者治人，劳力者治于人”的谣言，劳心者就是有学问的人，劳力者就是没有学问的人，人没有学问只好被治了。同这谣言同时流行的还有一首大家都知道的诗：“天子重英豪，文章教尔曹。万般皆下品，唯有读书高。”这些谣言和这些诗歌都只有有学问的人才能创造。于是统治者就利用这些有学问的人，这些有学问的读书人也就帮助他们的“天子”把“民”一下统治了几千年。

在古代的印度情形也差不多。当时研究学问的种种方便都操在第一阶级的婆罗门手里，只有他们有权利可以同神们办交涉。他们可以诵读吠陀圣典，可以唱赞美神的诗，他们是有学问的人。他们利用他们的学问，把原始人创造的神话加以改变或者自己创造神话，来麻醉人民，好巩固自己的统治地位。我现在举一个例子，在古代印度人第一圣典《梨俱吠陀》第十卷里有一首诗叫作《原人歌》，我现在译在下面：

把原人分割开来，有几种变现呢？他的嘴是什么？他的胳臂怎样？他的腿怎样？他的两足叫什么名字？

他的嘴是婆罗门，他的胳臂是王族，他的腿是吠舍（平民），从他的双足里生出首陀罗（最低阶级）。

整个《原人歌》的意思就是把宇宙幻想成一个巨人，太阳是他的眼睛，风是他的呼吸，空界是从他的脐里生出来的，天界是他的头化成的，地界就是他的足——这些都可能是原始人类的想法，但有学问的婆罗门人就利用了这原始神话，把当时社会上存在的四个阶级的来源也神化了。因为自己是第一阶级，就说自己是从原人嘴里生出来的，阶级越低，生出的地位也就越低，到了首陀罗，就只好从原人的脚下面产生了。这当然都是鬼话，但学问在婆罗门手中，谣言也只好由他们来造，别的阶级只好受他们的麻醉了。

在欧洲中世纪我们可以找到同印度几乎完全相同的例子。当时教士阶级也是第一阶级，学问也几乎完全操在他们手里。他们自命是具有神圣性格的人，他们有独占管理圣餐的权利，与一般凡人迥乎不同。他们先用种种方法脱开了普通法律的羁绊，终于完全不受政府的支配。罗马的一位主教基拉西乌斯曾说："支配世界的有两种力量——教士与国王。第一种力量当然在第二种之上，因为人类行为，连国王在内，都是由他们对上帝负责。"他们的想法，他们的作风，完全同他们在印度的同事婆罗门一样。倘若有人说，上面这段话是一位印度婆罗门说的，我想，也没有人会怀疑。

类似上面的例子还可以举出很多来，但只是上面举的几个例子也就可以告诉我们，特权阶级怎样有意识地或无意识地利用学问来巩固他们的特权，维持他们在社会上高高在上的地位。我自己以前之所以反对把学术通俗化，是不是也有这个动机，我自己确实还没有意识到，但在潜意识里恐怕就很难免有这样的动机。

但终于等来了新中国的成立。对我自己来说，这真像暗夜里的一线光明，照彻了许多糊里糊涂的思想。我过去当然不会是唯物，但也谈不上唯心，我根本没有唯什么，只是模糊一团。我自己研究的是印度语言学和中亚古代语文。这一切就是我的天地，我天天同各种奇形怪状的字母相对，脑筋里想到的只是文法变化，根本没有时间也没有兴趣来谈哲学上、思想上的问题，谈唯什么的问题，虽然思想里存在着许多唯心的不科学的成分。新中国成立以后，大家都搞学习，我也参加进去。到现在已经半年多了，我绝不敢说，我的思想已经打通了，但对许多问题的看法却已经在潜移默化中大大地改变了。以前根本没有想到像自己这样一个人还有这样多的问题。当然我从来没有认为自己已经尽善尽美，但也没有觉得自己还有检讨一下自己的必要。让我改变看法的主要原因，除了书本上的理论以外，就是实际的例子。我几乎天天在报纸上读到作为新中国的主人的工人的创造天才，读到关于工人工作情绪高扬的记载。我钦佩这些以前被压迫的从来没有多少机会求得学问的人们的精神。另外，我还看到了真正的民间艺术。对这些艺术我以前也没有什么了解，也可以说是没有了解的机会。但我现在却亲耳听到了民歌和根据民歌改造的歌，我亲眼看到了在匈牙利获得特奖的民间舞蹈艺术腰鼓舞。这些歌声才真正是盛世之音，里面洋溢着一片生机、一团力量，确实能够表达出新中国伟大的精神，象征出中国将来远大灿烂的前途。再回想起新中国成立前随地都可以听到的柔媚的歌声，古人所谓亡国之音大概就是那样罢。说到民间舞蹈，更是住在大都市里的知识分子连做梦也没有想到的。腰鼓舞获得世界特奖，有少数的人还觉得奇怪，但我却以为，像中国腰鼓舞这样的艺术，倘若在世界上得不到特奖，那才是怪事呢。像这样的例子真是不胜枚举。我现在才真正认识了人民大众的伟大，我仿佛是一个井底之蛙，今天从井里跳出来，看到了天地之大。过去有一个时期我也是相信“英雄造时势”的。我觉得历史就是几个所谓伟人造成的，没有他们，社会就没有变化，他们就是社会进化的原动力。说到学术，我更坚定不移地相信，一部学术史就是几个大学者的历史。没有哥白尼，我们就一直到现在还会相信，太阳绕着地球转。没有爱因斯坦，我们就不会有相对论。在学术史上大学者的地位就同在历史上的“英雄”完全一样。

但是现在人民大众创造力的伟大清清楚楚地摆在我们眼前，不容我们不承认。历史上一切进化的根源都是从人民大众那里来的，他们才真正推动了历史的巨轮。历史上所谓“英雄”，同学术史上的大学者一样，当然有他们一定的作用，无论谁也不会一笔抹杀，但他们只不过适应了人民大众共同的要求，或者把人民大众所获得的经验总结起来使社会进化加速一步或学术水平提高一步，脱离了人民大众就什么事情也做不成。

人民大众的创造力既然这样伟大，在过去得到应得的发展没有呢？根本没有得到，因为学问操在极少数的特权阶级手里，学问是他们最重要的武器和护身符，他们把学问谨慎地锁起来，像一个商人囤积奇货，不让它与人民大众发生关系，恐怕秘密泄露了，失掉自己的地位。人民大众失掉求得学问的机会，自己的创造力只好在极不正常极艰苦的条件下慢慢发展。现在，我们应该把学术交还给人民大众。中国人民政治协商会议共同纲领第五章第四十九条明确地规定了：“发展人民出版事业，并注重出版有益于人民的通俗书报。”这就是要指明，我们应该走的方向。无论哪一行的专家都应该严格执行这一条规定，把他们专门研究的学问用通俗的形式写出来，让人民大众能够了解，能够接受。倘若大家都这样做，我敢相信，人民大众的创造力，得了专门学问的辅助，将会更好地发挥出来，空前地发扬起来。然后我们再在普及的基础上把学术水平逐渐提高，普及的程度越高，水平也就越高。过去是几个学者把自己关在图书馆或研究室里孤独地研究和发明，现在是全体人民大众都参加到发明和研究工作里来，这样一来，一方面普及，一方面提高，越普及就越提高，越提高就越普及，交互影响，学术将会飞跃地前进。只有这样，被封锁了几千年的人类创造的智慧，才真正地得到解放。

1949 年 11 月 18 日

漫谈梵文研究

对一般人来说，梵文恐怕还是一个相当陌生的词。但是，提起此文，来头极大。它是一种古代印度的语言，至今已有接近三千年的历史，而且同中国的关系也是非常密切的。源于尼泊尔和印度的佛教，传入中国后，对中国产生了极大的影响。表面上来看，佛教仅仅是一种宗教，然而，在宗教外衣的掩盖下，它带来的却是印度的文化。这种文化影响面极大，中国的哲学、文学、艺术、语言学、音韵学，以及民间信仰，等等，无不受到影响。我们简直不能想象，如果没有佛教带来的印度文化，中国今天的哲学、宗教、艺术等会是个什么样子。佛教不但带来了印度意识形态方面的东西，而且还带来了自然科学，其中包括天文、历算、医学，等等。

所有这些东西都是通过佛典的翻译传进来的，而佛典原文则大部分是梵文，一小部分是与梵文有联系的在印度叫作俗语的语言。南传佛教的经典语言是巴利文，从语法变化上来看，巴利文晚于梵文，但却不能说是梵文的后辈，因为巴利文中保留了不少吠陀语言的残余，这些残余在梵文中已经消失。所以，我们可以说，巴利文是梵文的较年轻的同辈。

我们先不谈这些语言学上烦琐的问题，我们只谈中国的山水诗和佛教的庙宇。山水诗的兴起与南朝时期的谢灵运有关。谢灵运是个佛教徒，学习过梵文。他的山水诗在中国文学史上开一代新风，对后代影响极大，与此有联系的是佛教的庙宇。在过去将近两千年中，中国全国建筑的庙宇可谓多矣，在城市中也有。古诗“南朝四百八十寺”，指的大多是城中的寺庙，但是又有一句古诗“天下名山僧占多”，可见建筑在山林中的寺庙数目可能更大。到了今天，这些寺庙虽大多已残破或者消失，然而存留者为数仍极多。如果没有这些寺庙的话，我们今天的旅游景点也会减少不少的。

还有一个问题我必须提一下，我们现在讲“弘扬中华民族的优秀文化”，得到了举国上下的热烈响应。但是有不少人把“中华”狭隘地理解为汉族，这是不对的，五十六个民族都是中华民族。再回头来谈梵文和佛典，佛典不但有汉文译本，也有藏文、蒙文、满文等译本。因此，我们必须说，梵文佛典的影响遍及中华大地。少数民族的文化，同汉族文化一样，也是我们弘扬的对象。我希望有更多的人来学习梵文。

1996 年 10 月 12 日

学外语

一

现在全国正弥漫着学外语的风气，学习的主要是英语，而这个选择是完全正确的。因为英语实际上已经成了一种世界通用语言，学会了英语，几乎可以走遍天下，碰不到语言不通的困难。水平差的，有时要辅之以一点手势，那也无伤大雅，语言的作用就在于沟通思想。在日常生活中，思想不会太复杂的。懂一点外语，即使有点洋泾浜，也无大碍，只要“老内”和“老外”的思想能够沟通，也就行了。

学外语难不难呢？有什么捷径呢？俗话说：“天下无难事，只怕有心人。”所谓“有心人”，我理解，就是有志向去学习又肯动脑筋的人。高卧不起，等天上掉下馅儿饼来的人是绝对学不好外语的，别的东西也不会学好的。

至于“捷径”问题，我想先引欧洲古代大几何学家欧几里得（也许是另一个人，年老昏聩，没有把握）对国王说：“几何学里面没有御道！”“御道”，就是皇帝走的道路。学外语也没有捷径，人人平等，都要付出劳动。市场卖的这种学习法、那种学习法，多不可信。什么方法也离不开个人的努力和勤奋。这些话都是老生常谈，但是，说一说绝不会有坏处。

根据我个人经验，学外语学到百分之五六十，甚至七八十，也并不十分难。但是，我们不学则已，要学就要学到百分之九十以上，越高越好。不到这个水平你的外语是没有用的，甚至会出娄子的。我这样说，同前面讲的并不矛盾。前面讲的只是沟通简单的思想，这里讲的却是治学、译书、做重要口译工作。现在市面上出售为数不少的译本，错误百出，译文离奇。这些都是一些急功近利，水平极低而又懒得连字典都不肯查的译者所为。说句不好听的话，这些都是假冒伪劣的产品，应该归入严打之列的。

做人要老实，学外语也要老实。学外语没有什么万能的窍门。俗语说：“书山有路勤为径，学海无涯苦作舟。”这就是窍门。

二

前不久，我写过一篇《学外语》，限于篇幅，意犹未尽，现在再补充几点。

学外语与教外语有关，也就是与教学法有关，而据我所知，外语教学法国与国之间是不相同的，仅以中国与德国对比，其悬殊立见。中国是慢吞吞地循序渐进，学了好久，还不让学生自己动手查字典，读原著。而在德国，则正相反。我学俄语时，教师只教我念了念字母，教了点名词变化和动词变化，立即让我们读果戈理的《鼻子》，天天拼命查字典，苦不堪言。然而学生的主动性完全调动起来了。一个学期，就念完了《鼻子》和一本教科书。实践是检验真理的唯一标准，德国的实践证明，这样做是有成效的。在那场空前的灾难中，当我被戴上种种莫须有的帽子时，有的“革命小将”批判我提倡的这种教学法是法西斯式的方法，使我欲哭无泪，欲笑不能。

我还想根据我的经验和观察在这里提个醒：那些已经跳过了外语龙门的学者们是否就可以一劳永逸地吃自己的老本呢？我认为，吃老本的思想是非常危险的。一个简单的事实往往被人们忽略，世界上万事万物无不在随时变化，语言何独不然！一个外语学者，即使已经十分纯熟地掌握了一门外语，倘若不随时追踪这一门外语的变化，有朝一日，他必然会发现自己已经落伍了，连自己的母语也不例外。一个人在外国待久了，一旦回到故乡，即使自己“乡音未改”，然而故乡的语言，特别是词汇却有了变化，有时你就会听不懂了。

我讲点个人的经验。当我在欧洲待了将近十一年回国时，途经西贡和香港，从华侨和华人口中听到了“搞”这个字和“伤脑筋”这个词儿，就极使我“伤脑筋”。我去德国之前没有听说过。“搞”是一个极有用的字，有点像英文的do。现在“搞”字已满天飞了。当我在二十世纪八十年代重访德国时，走进了饭馆，按照四五十年前的老习惯，呼服务员为heverofer，他瞠目以对。原来这种称呼早已被废掉了。

因此，我就想到，不管你今天外语多么好，不管你是一条多么精明的龙，你必须随时注意语言的变化，否则就会闹出笑话。中国古人说：“学如逆水行舟，不进则退。”要时刻记住这句话。我还想建议：今天在大学或中学教外语的老师，最好是每隔五年就出国进修半年，这样才不至于被时代抛在后面。

三

前不久，我在《新民晚报》“夜光杯”副刊上发表了两篇谈学习外语的千字文，谈了点个人的体会，卑之无甚高论，不意竟得了一些反响。有的读者直接写信给我，有的写信给“夜光杯”的编辑。看来非再写一篇不可了。我不可能在一篇短文中答复所有的问题，我现在先对上海胡英琼同志提出的问题说一点个人的意见，这意见带有点普遍意义，所以仍占“夜光杯”

的篇幅。

我在上述两篇千字文中提出的意见，归纳起来，不出以下诸端：第一，要尽快接触原文，不要让语法缠住手脚，语法可以在接触原文过程中逐步深化；第二，天资与勤奋都需要，而后者占绝大的比重；第三，不要妄想走捷径，外语中没有“御道”。

学习了英语再学第二外语德语，应该说是比较容易的。英语和德语同一语言系属，语法前者表面上简单，熟练掌握颇难；后者变化复杂，特别是名词的阴、阳、中三性，记得极为麻烦，连本国人都头痛。背单词时，要连同词性 der、die、das 一起背，不能像英文那样只背单词。发音则英文极难，英文字典必须使用国际音标。德文则一字一音，用不着国际音标。

学习方法仍然是我讲的那一套：尽快接触原文，不惮于勤查字典，懒人是学不好任何外语的，连本国语也不会学好。胡英琼同志的具体情况和具体要求，我完全不清楚。信中只谈到德文科技资料，大概胡英琼同志目前是想集中精力攻克这个难关。

我想斗胆提出一个“无师自通”的办法，供胡英琼同志和其他读者参考。你只需要找一位通德语的人，用上两三个小时，把字母读音学好。从此，你就可以丢掉老师这个拐棍，自己行走了。你找一本有可靠的汉语译本的德文科技图书，伴之以一本浅易的德文语法。先把语法了解个大概，不必太深入，就立即读德文原文，字典反正不能离手，语法书也放在手边。一开始必然如堕入五里雾中。读不懂，再读，也许不止一遍两遍。等到你认为对原文已经有了一个大概的了解，为了验证自己了解的正确程度，只是到了此时，才把那本可靠的译本拿过来，看看自己了解得究竟如何。就这样一页页读下去，一本原文书读完了，再加以努力，你慢慢就能够读懂没有汉译本的德文原文书了。

英语与德语中的科技名词颇有相似之处，记起来并不难，而且一般说来，科技书的语法都极严格而规范，不像文学作品那样不可捉摸。我为什么再三说“可靠的”译本呢？原因极简单，现在不可靠的译本太多太多了。

1997年3月27日

提高高校学生人文素质的必要和可能

一、对题目的解释

为什么不用"文化素质"，而用"人文素质"？前者比后者范围广，包括物质和精神两种文化。"人文"只限于精神文化。不是物质文化不重要，我是有意纠偏，纠重工科轻理科、重理科轻文科之偏。这种偏见不利于我国学术的发展和社会主义建设。

二、必要性

我国高校学生的素质，总体来看，应该说还是好的。我们的高校办得也还是好的。但是，同我们建设有中国特色社会主义社会的远大目标还有相当大的距离。建设这样的社会，不能没有人才，要有人才，不能没有教育。我们要的是高素质的、全面发展的人才。人的素质十分重要：我们要的是有政治理想、有道德水平、有文化水平、业务好、身体壮、心理素质好的人才，成为能在二十一世纪发挥作用的人才。

我现在专就人文素质方面谈一点意见。

最近看到报纸上的报道，又根据我自己对大学生，特别是北京大学学生的观察，再加上前些时候听了王彦同志的介绍，我感到提高高校学生的人文素质的工作简直是迫在眉睫。社会上一股强烈的只重视科技的风气，对学生产生了极大、极为不利的影响。虽然我们经常谈，要精神文明和物质文明两手抓，实际上都只抓物质方面，而忽视精神方面。只抓物质，只抓科技，而能兴国者，未之有也。所以，我说，抓精神文明建设，抓学生的人文素质，迫在眉睫。

三、一个理论问题

人文社会科学同生产力的关系如何？

我对马克思主义略有通解，对经济学所知不多。我仅仅提出这样一个问题，以求教于通人和专家。科技是第一生产力，绝无疑问，但人文社会科学对生产力的发展难道就不起作用？

前一些时候，曲阜师范大学的《齐鲁学刊》上有一篇文章写到，人文社会科学也是生产力，似乎没有引起人们的注意。而后《光明日报》连续报道张家港抓精神文明建设的经验，引起了广泛的注意。一九九五年十月二十二日，该报第一版有一篇文章《精神文明也出生产力》，标题中用了一个“出”字，绝妙！十月二十七日，张家港市委书记发表文章《精神文明建设也能出效益》。用了同一个“出”字，宾语改为“效益”，没有用“生产力”。

我认为，这是一个极端重要的理论问题和现实问题，理论界必须予以解答。

四、可能性

常听部队的同志们讲，解放军某一个部队，或团或连，只要有过辉煌的成绩，它就成为这个部门的传家宝。青年士兵一进入这个部门，就充满了自豪感，作战勇敢，战无不胜，攻无不克。我们的大学生何独不然。

给大学生进行提高人文素质教育，是一个十分复杂的系统工程，绝非一个方面、一种方法所能胜任，必须各方面通力协作，利用一切能利用的方法来进行，才能奏效。利用我们中华民族的历史，历史上优秀的传统，是其中最重要的方法。解放军的例子可以为证。

因此，我们要做提高高校学生的人文素质这个艰巨的工作，可能性是极大极大的。

五、中华文化的精髓何在?

这是一个极大的、极重要的问题，不同人的看法可能有很大的分歧。我自已的看法有两点：一个是爱国主义，一个是讲骨气、讲气节。这两点别的国家不能说没有，但是中国最为突出，历史也最长。二者有区别，又有联系。

六、爱国主义

存在决定意识，中国的爱国主义是中国几千年的历史环境所决定的。没有国家，当然谈不到爱国。有了国家，如果没有外敌，也难以出什么爱国主义。我们千万不要一见爱国主义，就认为是好东西。我认为爱国主义有真假之别，有正义与邪恶之别。被侵略、被压迫、被屠杀的国家和人民爱国主义是真的，是正义的爱国主义。侵略者、压迫者、屠杀者的“爱国主义”是假的，是邪恶的“爱国主义”。只要想一想德国法西斯、日本军国主义者的“爱国主义”就一清二楚了。

七、骨气、气节

在中国文化传统中，伦理道德占的成分最大，而讲是非、辨善恶，更是核心之一。孟子说："富贵不能淫，贫贱不能移，威武不能屈，此之大丈夫。"说得最为具体生动。对"非"的东西，对"恶"的东西，一定不能迁就和妥协，虽牺牲性命，也在所不辞，这就叫作气节或者骨气，这在别的国家是几乎见不到的，至少是极为罕见的。

综上所述，我们中华民族优秀文化传统中的爱国主义和气节，是我们极其珍贵的全民财富。我们今天对高校学生进行人文素质教育，这二者就是我们的本钱。我们必须善于利用。

八、几点建议

第一，在所有的学科中，文、理、法、农、工、医，都普遍开大一国文课。分量不必太多，但学生若不及格则不能毕业。

第二，在所有的学科中设哲学课。以马克思主义哲学为纲领，讲一点中国哲学、印度哲学和自古希腊、古罗马开始的西方哲学。目的在于训练学生的思维能力和分析能力。

第三，文理科学生互选对方的一门课。可考虑为文科学生编一部《自然科学概论》。世界学术发展的趋势是：文理接近或融合。二十一世纪，这种趋势将日见明显。

第四，进行美学教育，包括书法、绘画、音乐、戏剧、曲艺，等等。不是专门设课，以课外活动的形式，由学生自由组合，学校、团委或学生会加以协助与指导。不管什么科的学生，对美学都是有兴趣的，过去许多高校的经验可以为证。

写于1998年，原载于《中国青年政治学院学报》

我对未来教育的几点希望

教育为立国之本，这是中国两千多年来的历代王朝都执行的根本大法。在封建社会，帝王的所作所为，无一不是为了巩固统治，教育亦然。然而，动机与效果往往不能完全统一。不管他们的动机如何，效果却是为我们国家培养了一批批人才，使我国优秀文化传承几千年而未中断。

今天，时移世迁，已经换了人间。教育为立国之本的思想深入人心。我们政府提出了科教兴国的方针，受到了全国人民的热烈拥护。把教育的重要性提高到兴国的高度，可以说前承千年传统，后开万世太平。特别是在今天知识经济正在勃然兴起的大时代中，教育更有其独特的意义。知识经济以智力开发、知识创新为第一要素，不大力振兴教育，焉能达到这个宏伟的目标？但是，我要讲一句实话，我们的振兴教育，谈论多于行动。别的例子先不举，只举一个教育经费在国民总收入中所占的百分比之低，就很清楚了。我们教育所占的百分比，不但低于发达国家，在发展中国家中也是比较低的。这让很多人难以理解。我们国家正在努力建设，用钱的地方很多，这一点谁都理解，没有人想苛求，但是，既然把教育的重要性提高到那样的高度，教育经费却又不提高，报纸上再三辩解，实难令人信服。现在，据我了解，全国各类学校经费来源十分庞杂，贫富不均的程度颇为严重。大学的党委书记和校长，主要任务是“找钱”，连系主任的主要任务也是“创收”。如果创收不力，全系教员就很难团结好。学校的根本任务是教学和科研，是出人才，出成果。现在却舍本而逐末，这样办教育，欲求兴国，盖亦难矣。因此，我对未来教育的第一个希望就是切切实实地增加教育经费。

我的第二个希望是重视大、中、小学生的人文素质教育和伦理道德教育。现在我们中华民族的一般道德水平，实不能尽如人意。年轻的学生在这个大气候下，思想水平也不够高。他们对世界，对人生的看法，在像我这样的思想保守的老顽固眼中，有时实在难以理解。现在，全世界正处在一个巨大的转变中，每个人都会受到影响，特别是青年人，他们敏感易变，受到的影响更大。日本据说有一个新名词叫“新人类”，可见青年人与老年人之间的代沟之深。中国也差不多。我在中外大学里待了一辈子，可是对眼前中国大学生的思想、情感等，却越来越感到陌生。他们的一些想法和做法，有时候让我目瞪口呆。在我眼中，有些青年人也仿佛成了“新人类”。

救之之法，除了教育以外，实在也难想出别的花招。根据我的了解，现在大学里的思想教育课，很难说是成功的。一上政治课，师生两苦，教员讲起来乏味，学生听起来无味。长此以往，不知伊于胡底！

我个人认为，学生的思想教育，应该从小学抓起。回想我当年上小学时，对两门课很感兴趣，一门叫作公民或者修身，一门叫作乡土。后一门专讲本地的山川、人物、风土、人情。近在眼前，学生听起来很有趣，很愿意听。讲爱国从爱乡开始，是一个好办法。

至于公民这一门课，则讲的都是极简单的处世做人的道理，比如热爱祖国，孝顺父母，尊敬老师，团结同学，讲真话，不说谎话，干好事，不做坏事，讲公德，不能自私，帮助别人，不坑害别人；要谦虚，不能骄傲等，都是些平常的伦理规范。听说现在教小学生也先讲唯心与唯物，存在与意识，物质与精神，小学生莫名其妙，只能硬背。这能收到什么效果呢？显而易见，什么好效果也是收不到的。到了中学和大学，依然是这一套，结果就是我在上面说到的师生两难。现在全国都在谈要重视学生的素质教育，足见这个问题已经引起了广泛的注意。这无疑是一个好现象，但我总觉得，空谈无补于实际，当务之急是采取适当的行动，才能走出目前的困境。

我对未来教育的希望，当然不止这两点。但限于目前的时间，我只能先提出这两点来，供有关人士，特别是政府主管教育的部门参考，一得之愚，也许还有可取之处吧。

1999 年 2 月 21 日

分析不是研究学问的唯一手段

——《新日知录》之九

无论是进行自然科学的研究工作，还是进行人文社会科学的研究工作，以分析手段为突破口，都是必要的，甚至是不可避免的。

摆在自然科学工作者面前的是实实在在真正存在的物质的东西。数学现在也归入自然科学，但是数学家眼前摆的不是物质的东西，他们具有的是蕴藏在脑海里的抽象数字。这个问题应另当别论，不能与自然科学混为一谈。自然生成物，露在外面的是它的表面形象，构成的结构规律则是蕴藏在内部的。必须先用分析的手段，打开缺口，才能进入内部。

摆在人文社会科学工作者面前的东西比较复杂。有古书、古代文献资料、后代的文献资料，以及当前的资料，还有当前社会上的各种活动和制度。在考古学者面前，一定会有自然生成物，但是这些东西的用处不在物质本身，而在它们所代表的时间意义。这些东西最初摆在你面前的时候是浑然一体的，不采用分析的手段，难得进入其中。

上面说的这些话，其目的是想说明，分析的方法是科学研究必不可少的。但是，我必须在这里补充一句：在分析的主导中，小的综合也会随时出现。

对于分析与综合这两种思维模式或工作研究方式，大多数学者都耳熟能详，用不着过多的解释。但是，多年来我自己却对这个问题形成了一套看法。我认为，分析与综合是人类最基本的思维模式，用常用的词句来解释，一个是"一分为二"，一个是"合二而一"。我还认为，东西方文明最基本的差异也在这两点上：西方的基本的思维模式是分析，而东方的思维模式则是综合。这是就其大者而言的，天底下没有纯粹的分析，也没有纯粹的综合，二者总是并列进行，但有主次之别。

以上说的都是空话，只说空话是不能解决问题的。我想说几句实话，而实话的例子可以说俯拾皆是。我现在正在看有关美学的书，我就讲一讲美学吧。

美的现象或美的概念，人类在蒙昧的远古时代就已有了。连一些动物都是有的。动物总是雄性的美，而人则相反，女子美过男子。这个问题已经引起了人们的注意。什么是美，也就是美的本质是什么？东西方的哲人两千多年以来始终是有分歧的。杨辛、甘霖的《美学原理》（北京大学出版社，二〇〇一年，第五十五页）写道：“中国美学史上对美的本质探讨，有其独特性，与西方美学史有很大的不同。西方美学史在探讨美的本质时，直接与世界观联系起来，中国则是很朴素的，与世界观联系得不是那么直接、紧密。”我对这段话的理解是，世界观离不开基本的思维模式，西方的世界观是分析的。早期的西方哲人并不是没有看到“美是难的”。但是，他们积习难移——还不如说本性难移——一碰到美，就分析起来。从古希腊起，每个哲学家都拿出自己独特的招数来分析美，我在下面根据《美学原理》稍作介绍。柏拉图自然离不开他那一套美的理式。亚里士多德反对之。他认为美在事物本身之中，主要是在事物的“秩序、匀称与明确”的形式方面。达·芬奇认为美并不是什么神意的体现，而是存在于现实生活中，是可以用感官认识到的事物的性质。到了十八世纪，鲍姆嘉通认为感性认识没有一门科学去研究，他建议成立一门新的学科，定名为“感觉学”，以后一般称之为“美学”。从此西方的重要的哲学家几乎都在自己的哲学思想体系中加入美学思想。康德的美学是建立在先验论的唯心主义基础上的，他认为美只能是主观的。荷迦兹说：“美正是现在所探讨的主题。我所指的原则就是适宜、变化、一致、单纯、错杂和量——所有这一切彼此矫正，偶尔也彼此约束、共同合作而产生了美。”黑格尔在哲学上是客观唯心主义者，他认为绝对精神是世界的本质，他提出了美是理念的感性显现。狄德罗提出“美是关系”。他说：“就哲学观点来说，一切能在我们心里引起对关系的知觉的，就是美的。”博克继承了英国经验主义的传统，他承认美的客观性，肯定美是物体的某些属性。车尔尼雪夫斯基主张“美是生活”。他说：“任何事物，凡是我们在那里面看得见，依照我们的理解应当如此的生活，那就是美的；任何东西，只是显示出生活或使我们想起生活的，那就是美的。”普列汉诺夫不完全同意车尔尼雪夫斯基的说法，但是他说：“我们的作者（指车氏）的学位论文毕竟是非常严肃的和卓越的著作。”

上面讲的只是西方两千多年来一些重要哲学家对美的看法，极其粗略。此外还有成百上千的人谈论美的问题，我没有这个能力来一一介绍了。

写到这里，我自己先笑了起来：我眼前有一头大象，巍然站在那里，身边围了一群盲人，各自伸出了自己的尊贵的哲学手指和手掌，在大象身上戳了一下或胡噜了一把，便拿出了分析的刀子，自诩得到了大象的真实形象，个个举起了一面小旗，上面写着一个“美”字，最终就形成了一门新学问，叫作“美学”。这门新学问的研究对象的本质没有说清楚，我看永远也不会说清楚的。它像是曹子建笔下的洛神“翩若惊鸿，婉若游龙”，又如海上三山，可望而不可即。至于美的表现形式，也不比它的本质更容易抓住。我既不是哲学家，也不是科学家。

但是根据我自己在生活中的体验，美的问题比学者们书中所讲到的要复杂千百倍。人躯体上的眼、耳、鼻、舌、身都能感受到美。而且大千世界、芸芸众生，有男女之别、老幼之别、阶级之别、地区之别、民族之别、宗教之别、时代之别、文化水平之别、职业之别，等等。这些当然都影响了对美的理解和美感享受。此外还要加上偏见。记得我曾在一本书中读到，一位国王的爱姬只有一只眼，而在他眼中，世界上的人都多了一只眼。在非洲一些民族中，爱美的现象古怪到令人吃惊的程度。而且，美感在一个社会群体中，甚至在一个人身上，也是变动不安的。说时兴喇叭裤，则一夜之间，全城人都穿喇叭裤了。然而转瞬之间，又能立刻消失。在这样的情况下而侈谈美和美感，不亦难乎！

西方也有聪明人，德国伟大诗人歌德就是一个。他说："我对美学家们不免要笑，笑他们自讨苦吃，想通过一些抽象名词，把我们叫作美的那种不可言说的东西化成一种概念。"这话说得多么精彩啊！一直到今天，二百来年以后，还能适用于东西方，我认为，特别适用于中国。

我现在想从西方转向中国，论题的重点仍然是关于分析的问题。我想谈两个问题：一个是继续谈美学，一个是谈"一分为二"和"合二而一"。

先谈第一个问题。

我在前面已经说到，两千多年以来，中国也谈美、美感等问题，但谈的与西方迥异其趣。请参阅《美学原理》第三十五页至第五十六页，兹不赘。

近世以来，西方美学传入中国，好之者治之者颇不乏人。到了最近几十年，美学已浸浸乎成为显学。许多大学纷纷设讲座，创办研究所。专著论文，连篇累牍。但是，论点分歧，莫衷一是，于是纷呶喧争，各自是其是而非其非，谁也无法说服谁。不这样也是不可能的。美是一个能感觉得到却触摸不到的东西。“美这个东西你不问本来好像是清楚的，你问我，我倒觉得茫然了。”于是西方群哲盲目围摸大象的那幅漫画似的幻象，又出现在我的眼前。中国有一句“青出于蓝”的古话，常常真能搔到痒处。歌德所说的“通过一些抽象名词”，到了今天，到了中国，从数目上不知增加了多少百倍，从抽象程度上，也不知增加了多少度数。我读了个别中国美学家的文章，其中抽象名词成堆成摞，复杂到令人眼花缭乱。对于我这个缺少哲学思考能力的人来说，简直感到玄之又玄，众妙无门。可是我想问一句：这些分析者自己能明白他们分析出来的名词吗？

现在谈第二个问题，这个问题与美学无关，而讲的是分析。这就是“一分为二”和“合二而一”的问题。

“一分为二”这个命题是谁提出来的，大家都知道。提命题是学术问题，谁都有权利。不应该命题一提出就等于注册专利，这种专利同平常的专利不一样，是允许抄袭的，但不能反对，谁不同意，谁就犯了弥天大罪。那位年高德劭的马列主义哲学家提出了一个“合二而一”的主张，迎头一大棒就打了过去：修正主义。一个蕴涵着东方综合思维的学术命题竟也蒙此“殊荣”，这只能说是天大的怪事。学术到了这种地步，岂不大可哀哉！其实中国当时已经没了什么学术，只有一个人的声音，一呼万应，而口是心非。其结果是大家都知道的。我参加了半辈子政治运动，曾被别人戴上过修正主义的帽子，自己也曾给别人戴过。什么叫修正主义，最初无师自通，似乎一看就明白。后来越想越糊涂，如堕入五里雾中了。改革开放以来，修正主义毕，而经济腾飞始。目前在全世界经济相对萧条中，中华一花独秀，而且前程似锦，连我这九旬老汉也手舞足蹈了。

“一分为二”这个命题，大概是受到了原子分裂的影响，是专门指物质的东西的，因此同物质是否能够永远分裂这个问题相联系。关于这个问题有两派意见，一肯定，一否定。二者也都是学术问题，是可以讨论的。让我大大地吃了一惊的是，“一分为二”的提出者竟然引用了庄子的“一尺之棰，日取其半，万世不竭”的说法，来为自己的命题护航。稍稍思考一下，就能够分辨出，“一分为二”的基础是物理概念，而庄子的说法是一个数学概念，二者泾渭分明，焉能混淆！这位也许自命为哲学家的人，竟连这一点都没弄明白，真让我感到悲哀！光舞大棒是打不出哲学来的！被请去讨论的几位知名的科学家也都没有提出异议。这更令我吃惊。眼前物质永远可分论已经遇到了夸克封闭这只拦路虎，将来究竟如何，还没有人敢说。

在上面，我从西方的分析手段写到西方美学的形成，又从西方讲到中国的“一分为二”和“合二而一”的问题。我的想法是，西方的分析手段在科技方面以及其他方面创造出辉煌的成绩，推动了人类社会的前进，但同时也产生了许多问题和弊端，能给人类前途带来灾害。东方（中国）的综合手段也给人类创造了许多福利，但也有它的偏颇之处。今后的动向应该是把二者结合起来，互济互补，这样一来，人类发展的前途，人类文明的走向，就能够出现许多灿烂的光点，人类就能够大踏步地向前迈进。这就是我的信念。

2002 年 9 月 16 日

图书在版编目（CIP）数据

坐拥书城意未足 / 季羡林著 . —厦门：鹭江出版社，2016.10（2018.5 重印）

ISBN 978-7-5459-1227-2

Ⅰ.①坐… Ⅱ.①季… Ⅲ.①散文集－中国－当代 Ⅳ.① I267

中国版本图书馆 CIP 数据核字（2016）第 219804 号

咪咕数媒 联合策划

ZUOYONG SHUCHENG YIWEIZU

坐拥书城意未足

季羡林 著

出版发行：海峡出版发行集团
鹭 江 出 版 社

地　　址：厦门市湖明路 22 号　　**邮政编码**：361004

印　　刷：北京市十月印刷有限公司

地　　址：北京市通州区马驹桥北口民族工业园 9 号　　**邮政编码**：101102

开　　本：880mm × 1230mm　1/32

插　　页：4

印　　张：10.25

字　　数：186 千字

版　　次：2016 年 10 月第 1 版　2018 年 5 月第 4 次印刷

书　　号：ISBN 978-7-5459-1227-2

定　　价：39.80 元

如发现印装质量问题，请寄承印厂调换。